O APOCALIPSE AMARELO
LIVRO 1: UMA TORRE PARA CTHULHU

DIEGO AGUIAR VIEIRA

AVEC EDITORA

2023

Inspirado nas obras
de H. P. Lovecraft
e Robert W. Chambers

Copyright © Diego Aguiar Vieira
Todos os direitos desta edição reservados à AVEC Editora.
Nenhuma parte desta publicação poderá ser reproduzida,
seja por meios mecânicos, eletrônicos ou em cópia
reprográfica, sem autorização prévia da editora.

Editor **Artur Vecchi**
Revisão **Gabriela Coiradas**
Iustração de capa **Marcos Schmidt**
Projeto Gráfico e Diagramação **Luciana Minuzzi**
Imagens **British Library, Freepik (channarongsds, brgfx, dgimstudio) e arquivo pessoal**

V 658
Vieira, Diego Aguiar
   O apocalipse amarelo : uma torre para Cthulhu / Diego Aguiar Vieira.
– Porto Alegre : Avec, 2023.
   ISBN 978-85-5447-161-3

   1. Ficção Brasileira   I. Título

                                                CDD 869.93

Índice para catálogo sistemático:
1. Ficção: Literatura brasileira 869.93

Ficha catalográfica elaborada por Ana Lucia Merege CRB-7 4667

1ª edição, 2023
Impresso no Brasil / Printed in Brazil

Caixa postal 7501
CEP 90430-970
Porto Alegre - RS
www.aveceditora.com.br
contato@aveceditora.com.br
instagram.com/aveceditora

SUMÁRIO

11 *um dia na roça*
23 *uma noite na roça*
38 *casa de bonecas*
50 *até que não está tão mal*
59 *crise de fé*
67 *o trabalho que merece*
81 *a carne mais barata*
91 *bom entendedor meia palavra*
100 *urubu tá com raiva do boi*
105 *o silêncio diz*
109 *um besouro na minha mão*

NOTA DO AUTOR

A experiência tem me mostrado que são justamente os textos não lidos que mais tempo amargam em gavetas. Sendo assim, em primeiro lugar, é preciso agradecer aos leitores que se dispuseram a conferir esse livro mal ele saíra do forno:

Lúcio Manfredi, meu guia pelas veredas da escrita e grande incentivador. Dell Freire, que sempre tem coisas boas a dizer e sempre nos incentiva a ir além. Artur Vecchi, por ter plantado a semente dessa história e ajudado a melhorá-la. Marcos Schmidt, porque leu, gostou e ainda conjurou essa bela e assustadora capa. Gabriela Coiradas, pela revisão e ajuda para colocar as vírgulas nos devidos lugares. E, finalmente, a Júlia Côrtes Rodrigues, cuja leitura e parceria ajudaram a dar forma a esse livro e a muitos outros projetos. Sem você não teria nada disso.

Também agradeço a meus pais e a minha família: a improvável receita quântica que dá em todas as histórias que escrevo.

Esse livro foi produzido enquanto me mudava da minha própria Mucarágua e mal posso esperar para contar as histórias desse mundo doente e perverso que se descortina e, de tantas maneiras, tanto se assemelha ao nosso.

Os dias amarelos e as noites esverdeadas não se acabam quando esse livro é fechado. Essa realidade está criada, os seus caminhos prontos para serem trilhados.

"Quem quer que sejas, temo que estejas caminhando pelos caminhos dos sonhos, temo que essas supostas realidades estão para derreter debaixo de teus pés e tuas mãos."
Walt Whitman, Para Ti

"Tenho ganas de ser coberto pelo sono."
William Shakespeare, Sonho de uma Noite de Verão

um dia na roça

1 O mundo acabou dois anos atrás. O que ficou em seu lugar foi uma sombra pálida e amarelada, pétalas ressecadas apodrecendo sobre um solo seco, raízes rompendo a terra para cima e para baixo em busca de água, passando por exoesqueletos de besouros mortos enquanto, nos céus, estrelas eclodem, finalmente alinhadas, dando à luz massas de ar esverdeado que corrompem as noites e atordoam todas as formas de vida.

Canções tornaram-se uma lembrança amarga do mundo de outrora e o canto dos pássaros só pode ser ouvido entrelaçado pelos sonhos. Fauna e flora tornaram-se diferentes, os cheiros da natureza agora são outros.

Na pequena Mucarágua, escondida no meio da serra, tudo se tornou mais pesado. A cidade, cujas montanhas e morros escondiam os amanheceres e pores do sol, agora apenas substituía o amarelado do dia pelo esverdeado da noite, de maneira calma e placidamente brutal, como se as cores no céu se fundissem. A chegada dos Seres Anciões, monstros que nem a imaginação mais fértil permitia imaginar, foi notada tardiamente, acostumada que a cidade estava com os monstros humanos de todo o dia e toda a vida. Suas ruas cada vez mais vazias, seus prédios antigos e abandonados, que eram usados para atividades noturnas, tornaram-se perigosos de uma maneira que os moradores não poderiam reconhecer e, rapidamente, os poucos atrativos da cidade deixaram de existir.

Com duas saídas e, consequentemente, duas entradas, a pequena cidade recebia e dava adeus a seus visitantes com placas onde seu nome fora pichado para parecer-se com "LugaraLGuM" para aqueles que a vissem pelo retrovisor, e, para a maioria dos jovens nascidos ali, era exatamente com o que se parecia, um lugar nenhum de onde era impossível sair e que tragava aqueles que tentavam chegar lá. Conforme se envelhecia, no entanto, o lugar começava a tornar-se mais agradável, quase como se fosse o único ponto do planeta que realmente existisse. Uma sensação que se tornava cada vez mais forte, principalmente agora que, para os jovens, sair de Mucarágua tornava-se algo cada vez mais impossível, até porque predominava a sensação de não se ter para onde ir.

Era o caso de Rafa Dédalo, que trabalhava na Fazenda Pedaço do Paraíso, um dos únicos lugares onde ainda se poderia encontrar trabalho depois de tudo que acontecera com sua família.

É comum que, após grandes tragédias, as pessoas compartilhem seus sentimentos, digam onde estavam durante tais acontecimentos, como os receberam e foram impactados por eles. Por anos, esses assuntos podem ser abordados como meio de se quebrar o gelo, uma forte conexão que liga pessoas em suas profundidades diversas e seus traumas.

Mas não com Rafa. Como ela teria visto o mundo acabar se para sua família tudo já estava acabado bem antes? Seu irmão mais velho sumiu no mundo, deixando seus pais perdidos e sua família maldita entre o povo de Mucarágua. Seu pai, que por anos fora um respeitável motorista de uma jardineira que garantia a chegada no horário das crianças nas escolas do município, foi demitido e obrigado a aceitar o emprego que, por causa do irmão mais velho, desgraçara sua família: coveiro. Sua mãe entregou-se à morte ainda em vida, num desatino de terços e rosários que ainda hoje ecoam em sua mente, mesmo depois do silêncio ter chegado até ela na forma da morte. Seu irmão mais novo passou a ter tanto medo de ser punido pelos pecados da família que se enclausurou em si mesmo e, em um mundo onde o futuro não guardava grandes expectativas para ninguém, Rafa não conseguia ver uma maneira para que ele saísse daquela situação.

E ela estava ali, suando sob um céu amarelado e sem brisa, carregando feixes do que um dia fora capim, para alimentar animais que, Rafa achava, um dia tinham sido bovinos. Ainda antes do Grande Fim, quando veio ao curral pela primeira vez, porque a família precisava de dinheiro e era o único emprego que ela conseguira, Rafa assustou-se com a quantidade de teias de aranha no alpendre que ficava na entrada.

– *Essas são as aranhas do fio-de-ouro* – explicou-lhe Felipe, que viria a tornar-se seu único amigo no trabalho, apontando para as aranhas amareladas e de patas compridas e assustadoras, recolhidas em pequenos túneis no alto da teia, próximos ao telhado. – *Elas são inofensivas.*

– *Não picam?* – ela perguntou, um tanto feliz porque finalmente alguém estava falando com ela.

Felipe riu da ingenuidade de Rafa.

– *É claro que picam. E dói bastante, também. Mas elas não têm muito interesse na gente, não. E nem são muito venenosas, para dizer a verdade. Só se você for um inseto, aí elas praticamente te matam na hora.*

Quase três anos depois de ter começado a trabalhar ali, Rafa sentia falta dos insetos que antes a preocupavam. O solo parecia arenoso agora que as formigas não enxameavam debaixo dele, assim como a vegetação nova e de cor estranha que, pouco a pouco, tomava conta da antiga também a assustava. Cada vez mais, ela sentia que havia uma onda paranoide no ar, com ela e os colegas questionando-se quem teria coragem de comer a carne daqueles bichos que um dia tinham sido vacas e que agora ostentavam carnes esverdeadas sob uma carapaça que toscamente tentava imitar o padrão de manchas típico da espécie.

Ela se lembrava bem de como tudo começara, com o rio onde levavam os bichos para tomar banho ficando mais espesso, com a água adquirindo um gosto amargo que assustava e repelia até os animais, ficando tomada por criaturas que todos sabiam que não eram peixes. A princípio, o gado recusava-se a entrar na água e, quando entrava, os animais rapidamente pareciam enlouquecer, entrando em conflitos sangrentos uns com os outros, ou dando com a cabeça contra as cercas até morrerem ou ficarem bem machucados. Alertado sobre o que estava acontecendo, doutor Aziz, o dono da fazenda, deixou claro aos funcionários que não podia perder tempo com aquilo e que não importava a vontade das vacas, os vaqueiros eram pagos para cuidar delas e deveriam fazer isso. Assim, conforme a vegetação e o rio iam mudando, Rafa também observou com tristeza que, forçados a alimentar-se e temerosos de caminhar por pastos que eram o único mundo que conheciam, logo o gado também começou a mudar, mas isso não importava quando eles continuavam a gerar lucro – porque, embora ela não soubesse quem, como ou onde, eles continuavam a ser cevados, pesados e encaminhados para o matadouro, de onde partiam nos trens reativados para serem vendidos na capital, onde sabe-se lá quem tinha coragem de comer daquela carne.

Desde então, aos poucos, Rafa observou o mundo e o gosto das pessoas adaptarem-se, aceitando e criando receitas para aqueles animais que continuavam a chamar de bois, mas que mais se pareciam com besouros e cuja carne fedia a percevejo – mesmo ela comia bifes daquilo sem pestanejar, fritos pelo irmão mais novo na própria gordura dos animais. Ela até aprendeu a tratá-los com carinho, da mesma forma que fazia com os bezerros recém-nascidos que, nos primeiros meses de trabalho, ela observava com tristeza irem para o abate a fim de produzir vitela.

UMA TORRE PARA CTHULHU

A verdade era que, enquanto os primeiros meses foram assustadores, vendo os animais converterem-se dolorosamente nessas novas espécies, testemunhando vacas assustadas dando à luz criaturas com o número errado de patas e olhos, enquanto tirava o leite que, dia após dia, ficava mais espesso e escuro, depois de um tempo, Rafa e todo mundo acabaram acostumando-se com aquilo tudo. Sua rotina dura de trabalho, começando às quatro da manhã e indo, muitas vezes, até as cinco ou seis da tarde, não permitia que ela ou os seus colegas de trabalho entendessem completamente as outras mudanças pelas quais o mundo vinha passando. E o fato de que a maior parte dos seus colegas a desprezava por ser irmã de quem era também não ajudava muito, já que mal falavam com ela. Mas, no final do dia, quisessem eles ou não falar com Rafa, ela fazia o seu trabalho, garantia o salário e levava comida para casa com a mesma dignidade que todos ali.

– Ontem eu ouvi o farfalhar da capa de moluscos do Rei passando na janela dos meus filhos – Felipe conta a ela, num misto de excitação e assombro.

– Será que não era só o vento? – Rafa pergunta, tentando não ficar impactada com a perturbação que ela vê crescer no semblante do amigo.

– Acho que ele virá buscá-los em breve.
– Talvez você devesse fechar a janela, Felipe.
– Não – ele responde, verdadeiramente ofendido. – Eu preciso é preparar meus filhos para essa honra.

Rafa já havia ajudado Felipe a fazer o parto de uma vaca atolada na lama no alto do pasto às três da manhã e depois carregado o bezerro recém-nascido enquanto o amigo tentava segurar a mãe, para que ela não a atacasse na escuridão enquanto voltavam para o curral de onde o animal tinha se perdido, por isso a confiança nele era sempre absoluta. Mas quando tinham conversas assim, ela pensava que dias de trabalho como aquele tinham sido fáceis e que a confiança que sentia no amigo estava cada vez menor, enquanto a loucura nos olhos dele ficava cada vez maior.

Vinda de uma família consumida pela loucura e pela tragédia, era possível para ela enxergar como esses sintomas vinham se tornando cada vez mais comuns. No entanto, por mais comuns que tais comportamentos estivessem ficando nos últimos tempos, ainda era difícil para Rafa ver o amigo ser consumido pela loucura que, pouco a pouco, estava se tornando o normal depois do Grande Fim.

Da mesma maneira, Malaquias Dédalo, pai de Rafa, temia que fosse cada vez mais corriqueiro enterrar filhos para pais aliviados que ao menos não precisariam enfrentar a barra que é viver em um mundo cada vez mais tomado pelo desespero como aquele.

– *A Coisa virá do cemitério às três da manhã no alto daquele monte...* – Ele ouve o novo sacerdote entoando sua oração pestilenta e espera que os parentes dos mortos caiam na risada – *e a porta da razão verdadeira se abrirá e a loucura da verdade nos devorará como uma chama* –, mas não é o que acontece.

Isto é, as pessoas riem, claro, mas não pelo ridículo daquelas palavras ditas assim no cemitério cada vez mais cheio. As risadas que se seguiam àquela oração sinistra eram sempre tomadas por uma loucura que Malaquias conhecia de perto, que ele vira primeiro nos olhos do filho mais velho e, depois, com um pouco menos de intensidade, nos olhos da esposa. Mas ele não gostava de falar sobre isso.

Não, naqueles dias Malaquias não gostava de falar. Se pudesse, ele sequer pensaria, pois a cada vez que parava para isso, sentia a ironia que era ter sido forçado a aceitar o emprego de coveiro em Mucarágua. Porque fora no cemitério que o destino de sua família havia sido traçado graças ao filho mais velho depois que as tristes e assassinas ambições do filho amaldiçoaram a cidade ainda antes do Grande Fim. E era naquela cidade que sua família jamais encontraria paz. E também porque aquele era o único emprego certo e garantido naquele momento, mas que ninguém mais ousaria querer por causa das coisas que aconteciam no cemitério depois do anoitecer... e nas quais ele não gostava de pensar.

Invés disso, ficava prestando atenção nos urubus, que àquela altura eram um dos poucos tipos de pássaros que tinham sobrado e infestavam as casas e ruas, junto com uns bichos grandes e voadores do tamanho de um cachorro. Todos achavam que eram baratas, menos um frequentador assíduo do último alambique de Mucarágua – na Toca de Ceceu perto da saída da cidade –, um professor que dava aulas numa escola particular do centro da cidade e que, agora que o mundo tinha acabado, buscava por alunos próximo ao alambique. O povo zombava chamando ele de Mestre Juca.

As aulas eram para quem quisesse ouvir. E para quem cometesse o desatino de pagar uma dose. E Malaquias, muito pelo gosto de apagar fogo com gasolina, fazia isso todo dia.

– Esses bicho não é nada de inseto mutante nem nada disso – Juca insiste enquanto Malaquias cava. Ele já nem sabe para quem é aquela cova, mas era bom ouvir o outro e pensar que, ao sair dali, ainda poderia continuar ouvindo e tomando um traguinho ainda por cima. *Ô que beleza.* Malaquias gostava de beber com o professor porque sentia que aquela ilusão profunda ficava menor, um pouco mais rasa, se comparada com as de Juca. A bola da vez era uma teoria sobre o que eram aqueles besourões que voavam pelo centro da cidade e cagavam pelas ruas, atraindo moscas varejeiras gigantes.

– Anus? – Malaquias pergunta.

– De alguma forma – Juca empolga-se, esperando que o outro termine de cavar para irem logo beber –, esses pássaros pretos que viviam em cercas comendo carrapato e que devem ter inspirado poetas aqui igual os corvos inspiraram lá, os anus estão... como direi? Mudando, involuindo. Eles estão se transformando de dentro para fora. Enquanto a maior parte dos pássaros, insetos e outras criaturas do meio ambiente morrera e deu lugar a esses seres... bizarros, outros sobreviveram. Igual esses urubus filhos da puta.

E Juca arremessa uma pedra um pouco para cima de um urubu, que se desvia da pedra indo em direção a ela; e nem cai morto já é destroçado no ar por outros urubus, que empesteavam os muros e cruzes quebradas do cemitério. Vez ou outra, uma família de crentes de antes do Grande Fim arrastam uma criança ferida para um enterro e a deixam lá, nem esperando pros urubus voarem em cima do sangue escorrendo, levando os pirralhos e dando fim a sua agonia antes mesmo que tenham tempo de gritar. Mas pessoas mais velhas, adultos como Juca e Malaquias, ou mesmo adolescentes, não precisavam temer aqueles bichos. Tanto que a prefeitura contratava jovens para atacar os pássaros e garantir a segurança dos mortos pelo menos no tempo da família despedir e do coveiro mandar para debaixo da terra ou uma gaveta. Mas a maioria dos que se candidataram ao trabalho logo desistiram, deixando para os coveiros uma dupla ocupação que não dava muito certo – os que não desistiram, acabaram convertidos à Nova Religião.

Por isso, trabalhar como coveiro demandava cuidados redobrados e não era incomum que se terminasse o dia com as roupas rasgadas pelos bicos carnudos dos urubus, assim como por suas unhas, capazes de rasgar em poucos instantes até a carne mais dura – por mais medrosos que fossem, preferindo atacar crianças, também podiam ser ousados, principalmente no começo da manhã, quando tinham acabado de alimentar-se com a carne deixada nos túmulos revirados da madrugada pelas criaturas que Malaquias não gostava nem um pouco de pensar o que eram. Fora que tais urubus tinham o hábito de vomitar a carniça recém-ingerida quando eram incomodados, o que deixava o cemitério impossível de ser limpo, dificultando também que parentes pudessem frequentar os enterros, exceto quando acompanhados pelos sacerdotes de amarelo da Nova Religião, que iam de cova em cova repetindo suas ladainhas malignas, usando roupões com capuzes da cor do céu e tão pesados e radiantes que praticamente os deixavam invisíveis debaixo daquela abóbada sem nuvens. Malaquias não gostava nem um pouco daquilo, morria de medo da Nova Religião e suas orações perversas, evitando sempre cruzar olhares com os clérigos, esperando que eles terminassem de orar diante de um túmulo para aí, sim, se aproximar e concretizar o funeral, que nem sempre era com pazadas de terra, mas virando massa e quebrando tijolos para que se encaixassem bem nas gavetas furibundas dos jazigos superlotados, que, mesmo assim, também acabavam revirados pela manhã.

Ironicamente, com a exceção de Mestre Juca, as únicas pessoas que falavam com Malaquias no cemitério eram os novos sacerdotes, sempre muito educados, apesar de terem os olhos escondidos por aqueles capuzes medonhos. Os outros coveiros evitavam-no, assim como a maior parte das famílias que iam enterrar os seus mortos. Vez ou outra, ele sentia mesmo que seria atacado por um deles, chegando a temer o povo em luto da cidade ainda mais do que os outros coveiros temiam os urubus e a Nova Religião. Quando o céu começava a ficar esverdeado e todos se recolhiam, ele sempre pensava em ficar por mais tempo, dando conta de abrir novas covas e fechar outras, mas o cemitério sempre ganhava uma movimentação diferente a essa hora e ele achava melhor se juntar a Juca, que a essa altura já tinha cansado de esperá-lo no cemitério e estava bebendo na Toca de Ceceu. Mas sempre que podia, ia ao túmulo da esposa; ali, diante da mulher com quem vivera por mais de vinte anos, Malaquias podia sentar sozinho e, pela única vez em seus dias, ter um pouco de paz.

– Oi – ele dizia, sem saber se estava enlouquecendo ou se aquela seria a única paz que a vida ainda lhe guardava o direito de ter. – Sou eu de novo.

A verdade é que Malaquias esperava que a mulher não pudesse ouvi-lo. O pouco de fé que ainda podia guardar naqueles dias usava para dizer a si mesmo que ela não estava ali, que tinha realmente descansado de toda a amargura e tristeza que tomara conta de suas vidas naqueles últimos anos. Ele esperava que ela estivesse no paraíso. Ou mesmo em um local de profundo esquecimento e dominado pelo silêncio. Qualquer outro lugar que não fosse ali, o inferno na Terra.

– Ele já está com você? – Essa era a primeira coisa que ele perguntava todos os dias, buscando notícias sobre o filho mais velho. E a seguir: – Falta muito para mim?

De fato, Malaquias não esperava por outra resposta que não o silêncio. Aquela era a hora em que os urubus levantavam voo e rodopiavam em círculo, carniça fermentando em seus estômagos torpes, como olhos sinistros no céu. Tampouco os monges da Nova Religião circulavam pelo cemitério naquelas horas em que a cor do céu começava a mudar, embora ele continuasse ouvindo suas orações perversas em sua cabeça.

– Aqui as coisas estão... bem – ele mente, não sem alguma hesitação. – Rafa continua trabalhando duro, como sempre fez. Como você ensinou. E Ícaro está bem, protegido do mal, eu espero. – Era lá que ele podia falar a verdade sobre os filhos e como se preocupava com eles.

UMA TORRE PARA CTHULHU 17

É claro que ele não falava de si mesmo. Quando sentia muita vontade de desabafar, escolhia outros túmulos que não o da mulher. Então, circulava pelo cemitério e avançava até os fundos, no antigo portão que um dia foi sua parte mais nobre e agora era chamado de "O Velho Cemitério". Lá que os corpos dos coveiros foram encontrados antes do Grande Fim e do desaparecimento do filho mais velho, e ele achava que tinha um débito com eles. E lá também ele achava que podia sentir menos as presenças que começavam a esgueirar-se pelos cantos dos olhos conforme a noite esverdeada ia brotando, de modo que sabia que era hora de botar a viola no saco e ir embora. O cemitério não era lugar para os vivos mais.

Não que os filhos de Malaquias quisessem o pai preocupando-se com eles. Rafa sabia se virar sozinha e Ícaro Dédalo passava a maior parte dos seus dias sozinho em casa.

Se perguntassem a ele, diria que era a melhor coisa do apocalipse. Ícaro finalmente podia ficar em paz com seus pensamentos. Desde que tudo acontecera com o irmão mais velho, a vida tinha ficado difícil para ele e a irmã em Mucarágua. Eram perseguidos e execrados, todos apontavam para eles e a vida, que antes ele achava fácil, de repente ficou difícil como se não pudesse respirar.

O apocalipse lhe trouxe alguma paz.

Afinal, a maior parte das pessoas morrera.

É claro que a morte da mãe o abatera, afinal ele a amava com todo o coração, mas quando parava para pensar nela, ao contrário do pai e da irmã, Ícaro não pensava naqueles últimos meses sofridos e na maneira terrível com que a encontraram em seus estertores finais. Não, que Rafa e o pai carregassem essa dor era uma escolha deles. Ícaro preferia pensar na mãe amorosa que fazia comida com ele no colo, que o ensinou a falar e tinha um toque suave, mesmo que coberto de calos, capaz dos melhores cafunés e das palavras mais gentis. Da mãe que o aceitava e, principalmente, que o amava exatamente como ele era. E que nunca levantara a mão para ele.

Claro que passar a maior parte do tempo sozinho tinha seus efeitos colaterais. Ícaro sentia-se cada vez mais à vontade para falar sozinho:

– Lembra daquele programa que o apresentador apontava a câmera para um prédio e pedia que as pessoas piscassem as luzes?

– *Ele fazia isso para provar que tinha audiência* – ele respondia a si mesmo, um pouco saudoso de um mundo que não existia mais. – *Era um programa terrível, cheio de câmeras escondidas, mostrando policiais matando pessoas inocentes em becos escuros, mandando garotos irem embora de moto só para atirarem nas costas deles e ficarem comemorando.*

– Pois é, esse mesmo. Eu sinto falta das câmeras. E da luz elétrica.

– *E eu sinto saudades da TV.*

– Nesse momento, eu sinto saudade é de uma coisa que a gente nunca teve aqui em casa: uma lava-louças. – E encarou a pia cheia de pratos e talheres que era sua sina semana sim e semana também.

A lavadora de roupas também não tinha mais serventia; quando a irmã conseguia encontrar sabão, ele lavava tudo à mão, sem muita pressa porque sempre ficava com os dedos vermelhos e ardendo como se em carne viva. Além disso, Ícaro precisava buscar água numa bica, onde filas formavam-se da manhã até a noite, e isso quase sempre tomava a metade de um dia e resultava numa dificultosa viagem de bicicleta, que precisava voltar empurrando para casa, equilibrando-a em um mar de garrafões cobertos de limo. Fazia isso toda semana e tinha que esperar um dia inteiro para filtrar e ferver toda a água. Só para que ela continuasse amarga como antes.

Mas ele não se incomodava com isso. Ir dormir deixando café e almoço prontos para a irmã e o pai, acordar cedo para limpar a bagunça que os dois deixavam para trás, lavar o banheiro, passar pano, esfregar as vidraças, tirar poeira, recolher as roupas do varal, dobrar, guardar, cozinhar com a lenha que a irmã trazia da fazenda, nada daquilo era capaz de incomodá-lo porque Ícaro podia ficar sozinho e isso era o que mais queria.

Porque era assim que poderia ficar em contato com as lembranças de que mais gostava, com o passado que lhe trazia um mínimo de paz, da maneira que ele achava que o presente nunca seria capaz. Era sozinho que ele tentava lembrar-se das letras das canções que o encantavam até dois anos atrás e podia arriscar cantá-las em voz alta sem medo de parecer estar feliz naquela casa tomada pela escuridão e por um luto sem fim, e, principalmente, era sozinho que Ícaro podia pensar na escola. Sentia falta de estudar, dos professores e dos amigos. Mas também havia coisas na escola, muito antes do Grande Fim, que o assustavam.

Uma delas era Eduardo Filarmônica, o Dudu. Mesmo antes do seu irmão mais velho arruinar a vida de sua família, Ícaro já passava por maus bocados nas mãos dos colegas de escola, mas Dudu sempre era pior. Os insultos que recebia dos outros colegas, gente como Drézim das Batatas (como é que pode ter sofrido tanto na mão dum filho da puta com nome desses?), eram sempre direcionados à cor da sua pele e ao seu cabelo, bem diferentes dos de seus irmãos. Mesmo assim, ele fingia que não eram racistas com ele, mas irreverentes, engraçados, como os jovens podem ser uns com os outros. Mas Dudu era pior, ele sempre fazia questão de segurá-lo pela camisa do uniforme, que ficava cada vez mais larga a cada novo ataque, exibindo-o como um bastardinho para os colegas diante do silêncio dos professores e dos funcionários da escola, a tal ponto que, sem defesa, Ícaro acabou imerso em uma solidão de tristeza que fazia com que ele quisesse morrer diariamente. Mais tarde, quando tudo de ruim aconteceu e seu irmão mais velho fugiu da cidade, as ofensas ficaram ainda piores, a ponto de Ícaro ter de abandonar a escola.

Assim, quando o mundo acabou para a maioria das pessoas e a TV e a internet ainda funcionavam, não foi sem algum prazer que Ícaro recebeu uma mensagem de voz de Dudu, chorando e pedindo desculpas por tudo que tinha feito com ele, dizendo que os pais tinham enlouquecido durante a madrugada e atirado-se do quinto andar de um prédio e que ele estava ouvindo uma voz que o instruía a fazer o mesmo, mas ele sentia que antes precisava tirar do peito tudo de ruim que estava ali, e como não podia arrancar o próprio coração e deixá-lo na porta de Ícaro, então, ao menos, pedia desculpas.

Quando a mensagem foi ouvida, Dudu já tinha se jogado do mesmo lugar que os pais, usando um vestido da irmã mais velha e um bilhete pendurado no pescoço, pedindo para que fosse enterrado com ele. Mas foram tantas as mortes naquelas primeiras semanas que os corpos só foram empilhados e queimados num sítio afastado do centro de Mucarágua. O pai de Ícaro pôs fogo no corpo sem vida da única pessoa, além da mãe, que já dissera ao rapaz que o amava. Ícaro não sentiu nada por isso.

Mas o mundo tinha mudado muito e era tão difícil ficar sozinho que, mesmo com toda a culpa, agora que sabia como era pequeno e vergonhoso aquele imbecil que tanto o machucara, Ícaro ainda achava que valia a pena viver. Mesmo assim, tão logo a irmã e o pai chegavam em casa e a solidão solitária era substituída pela solidão em conjunto, aquelas sensações precisavam ser apagadas, mascaradas como a maior parte dos sentimentos eram naqueles dias. E assim Ícaro, Rafa e Malaquias sentavam-se ao redor da mesa e comiam em silêncio.

– Isso tá horrível.

Bem, quase sempre em silêncio.

4 Os comentários de Malaquias, principalmente em relação a um dos filhos que ficaram para trás, nunca eram elogiosos. Era como se, a cada vez que os três se reunissem no final de um dia cansativo de trabalho, fosse preciso reafirmar o laço que os unia e envergonhava por meio de insultos e ofensas que, cada vez mais, iam se tornando o único elo que os conectava. Quando terminavam de comer, Rafa e Ícaro torciam para que o pai se levantasse em silêncio, pois não suportavam ter de falar com ele, encará-lo ou ficar no mesmo cômodo que ele por muito tempo. Em alguns dias, isso levava mais tempo, com ele insistindo em fumar um cigarro fedorento ou enchendo o saco dos dois por algum motivo qualquer. Mas não naquele dia, porque Malaquias apenas se levantou e foi para o quarto, deixando o prato na mesa e tudo, afinal, sabia que Ícaro o lavaria.

Esperaram que Malaquias entrasse no quarto e fechasse a porta, para poderem sentar e conversar.

– E aí, trouxe? – Ícaro pergunta à irmã, enquanto acende um toco de vela na janela para garantir que nenhuma criatura da escuridão tentasse entrar na casa quando o amarelado do céu cedia enfim ao verde da noite, um hábito que eles não sabiam se tinha mesmo algum motivo de ser, mas que, por segurança, tal como eram as orações da mãe em relação à existência do Paraíso, mantinham sem questionar.

– Que que cê acha? – Rafa responde, pegando uma mochila que estava o tempo todo encostada no pé da cadeira e tirando de dentro dela um pequeno pacote, que entrega a Ícaro. – Só acho melhor esperar o velho dormir.

– É claro – Ícaro diz, abrindo o pacote e dando um faro esperto em seu conteúdo antes de fechá-lo de novo. – Deu muito trabalho?

– Essas coisas crescem sem parar na beira do rio. O único problema são os peixes com pés que aparecem de vez em quando. O Felipe acha que eles comeram o último jacaré, te disse?

– Uhum.

– Pois é. Mas hoje cedo eu fui lá com os animais para eles poderem tomar banho e encontrei um pé cheio.

– E agora?

– Ué, a gente come, eu acho.

– Pensei que era para fazer chá.

Rafa levanta-se, puxando a mochila em direção ao peito, e, enquanto caminha em direção ao quarto, diz:

– Não sei se é uma boa ideia. Na verdade, se a gente não tivesse tão fodidos, eu diria que nem devíamos comer.

– Mas nós estamos bastante fodidos.

– Muita coisa.

– Então, bora comer?

– Claro. Deixa só eu trocar de roupa, tirar uns carrapatos e ver se eu consigo desembaraçar o cabelo.

E é exatamente o que Rafa faz ao entrar no quarto. A luz do céu reflete no alumínio espalhado pelo quintal, usado para aquecer a casa durante o dia, e ilumina de verde o cômodo de uma menina que não teve muito tempo de crescer e trocar os pôsteres de bandas adolescentes e ícones da *Capricho* por elementos mais condizentes com a sua idade. Esverdeada, Rafa caminha por entre as pilhas de roupa suja, buscando algo mais ou menos limpo para vestir, enquanto resiste à tentação de se jogar na cama, sabendo que, se fizer isso, dormirá em vez de voltar para a cozinha e consumir uma estranha substância com o irmão mais novo. Então, depois do que parece ser a luta de uma vida, ela consegue soltar a alça de um sutiã de debaixo de uma cadeira empoeirada e se trocar; olha para o espelho com cuidado, para não enxergar nada além do que está ali, e começa a pentear-se.

Espelhos são traiçoeiros, principalmente depois de comer.

O nível de paranoia aumentava drasticamente depois de alimentar-se e não era por menos que Malaquias isolava-se no quarto. Se ficasse no mesmo lugar que os filhos, tinha certeza de que ia acabar matando um deles com as próprias mãos. Ele já não se assustava consigo mesmo ao perceber essa vontade filicida crescendo em seu peito, o tempo deixara-o à vontade com a maior parte das perturbações advindas desse mundo novo e revolto que tinha surgido na esteira do fim daquele que existia antes. Ademais, tudo parecia continuar o mesmo, só com alguns novos sentimentos à espreita, assim como criaturas que dobravam a lógica.

Assim, Malaquias aprendera que um bom exercício para manter-se lúcido, ou ao menos o mais próximo possível da lucidez, era trabalhar em coisas que ocupavam sua mente antes. Por exemplo, para não pensar em como odiava Rafa por não se ajoelhar e rezar com a mãe enquanto ela morria, ele preferia abrir um canivete e sentar-se na beirada da cama, afinando varetas de bambu para poder terminar as gaiolas que nunca mais teriam passarinhos dentro delas. E para não querer enfiar a cabeça de Ícaro na panela fedida em que cozinhava aquela comida nojenta, Malaquias deixava as farpas do bambu entranharem-se nos cantos dos dedos até que ficassem inflamadas e saíssem por si só.

E Ícaro não era afetado pela paranoia porque já se sentia paranoico o tempo inteiro. Gastava a maior parte da energia cuidando da casa e tentando não pensar demais no passado, que, àquela altura, já era de múltipla escolha, pois era como se sentia mais confortável com ele. Então, enquanto espera pela irmã sair do quarto para que eles possam consumir juntos um mofo alienígena e perigoso cujos efeitos colaterais ninguém conhece exatamente, tudo o que Ícaro faz é dar prosseguimento na rotina diária, lavando a louça que ninguém mais lava, terminando de preparar o almoço de Rafa e do pai e, talvez, pensando um pouco em um passado em que ele sofresse um pouco menos do aquele que de fato viveu.

uma noite na roça

1 Pouco a pouco, a escuridão esverdeada ia se achacando por Mucarágua.
Depois de dois anos disso, pode-se dizer que as pessoas acostumaram-se com aquela ilusão de noite. A maior parte delas, pelo menos. O mundo não mudou muito depois que acabou, então a maioria dos que sobraram ainda precisava trabalhar e quem não estivesse em uma das fazendas, no controle da bica d'água ou do alambique, certamente estava trabalhando na linha ferroviária. Agora que a noite era só um nome e a escuridão verde brilhava fosforescente por doze badaladas do único relógio que funcionava na cidade, até os olhos fechados de quem tentava dormir já tinham entendido que dias amarelados e noites esverdeadas eram tudo o que conseguiriam. Os conceitos como escuridão e claridade também passavam a ser ressignificados em relação à hora e suas sombras. Tudo era claro e tudo era escuro.
E é por isso que ninguém saía da cidade. Mucarágua era um lugar cada vez mais tomado por urubus e anus mutantes, além de monges pregando uma invasão dimensional sem escalas com criaturas alienígenas e demoníacas prontas para acabar com o mundo. Mas o mundo inteiro estava passando pela mesma coisa e em alguns lugares esses bichos já tinham devorado tudo. Já tinham devorado um pedaço da realidade, e ninguém ali em Mucarágua podia dizer que tinha visto alguma coisa além de uns poucos gatos sinistros que ronronavam sonhos adentro da população e dos urubus e anus que cagavam e vomitavam

por toda a praça do centro. E isso já era muito mais seguro do que o resto do mundo, supunham.

E daí que tinham que trabalhar de verde a amarelo manchando o céu?

As pessoas tinham visto vários dos seus entes queridos morrerem por doenças que a ciência não conseguia explicar e criaturas que a religião não conhecia. E tinham sobrevivido a isso. Mesmo o mais fanático dos extremistas religiosos não podia imaginar um apocalipse daqueles. As visões luxuriosas de João de uma grande prostituta babilônica cavalgando a Besta mostravam-se tímidas diante dos sonhos de olhos abertos que as pessoas estavam tendo. A religião em geral foi pro beleléu porque não tinha muito o que fazer em um mundo em que as próprias leis da física eram dobradas a todo momento das maneiras mais absurdas. Os poucos crentes que sobraram escondiam-se, tentando se defender de alguma maneira, ou acabavam abraçados pelas doutrinas do Rei de Amarelo e ficavam pelas ruas e cemitérios – sacerdotes de amarelo que davam medo nas criancinhas e faziam com que o adulto mais valente olhasse para o lado quando passavam. Eles enviavam seus mortos para outra dimensão, controlavam as moscas e outras criaturas voadoras, organizando a distribuição do lixo para que nunca ficassem muito tempo no mesmo lugar.

Quando a energia elétrica parou de uma vez por todas, alguns meses depois do Grande Fim, foram os sacerdotes de amarelo que tiveram a ideia de reabilitar a malha rodoviária da cidade. Foram eles, com doações que ninguém sabia de onde vinham, que organizaram os trabalhadores, ensinaram as pessoas a cozinhar carne de porcos venenosos, galinhas sem bico e com um olho só e dos bois cascudos com que Rafa trabalhava. A chegada dos Seres Anciões foi tão intensa que ninguém conseguia lembrar-se exatamente de como o mundo era antes e, principalmente, de como ele tinha ficado assim. Então, era natural que as pessoas um pouco mais organizadas em suas próprias loucuras tirassem alguma vantagem da situação enquanto punham a maior parte da população para trabalhar em troca de comida. Naquele momento, a expectativa mínima de vida caíra doze anos em dois e Mucarágua viu-se com dez por cento de seus habitantes, pouco mais de oitocentos subnutridos abandonados à própria sorte. Quando o mundo e a própria realidade foram contaminados por uma percepção que faz tudo parecer natural e o mutável, imóvel, a maior parte das pessoas não podia se dar ao luxo de buscar uma resposta. E embora a humanidade sempre tenha feito uso de substâncias psicotrópicas para alcançar respostas que seus padrões de consciência desperta não conseguiriam alcançar, é certo que muitos também só queriam experimentar uma viagem agradável em que pudessem refugiar-se da realidade. Que era exatamente o que

Rafa e Ícaro estavam fazendo agora.

Os irmãos observaram com cuidado para terem certeza de que não havia nenhum gato à espreita, já que eles eram mais difíceis de serem evitados que outras criaturas. Então, saíram de casa pé ante pé, tentando não fazer mais barulho do que as rangentes dobradiças da porta da cozinha. Não foram muito longe – mais cedo, Ícaro tinha arrastado um velho tronco caído e com partes meio podres para a área dos fundos, bem diante de um pequeno vale, onde podiam sentar e observar com calma a cidade esverdeada lá embaixo. Moravam em um bairro novo, com as casas todas em área de risco em época de chuva, mas tinha muito tempo desde que precisaram se preocupar com a chuva pela última vez. Andava chovendo coisa muito mais esquisita naqueles tempos.

– Posso abrir? – Ícaro perguntou, vendo Rafa sentar-se.

– É claro – ela respondeu.

Enquanto Ícaro, ainda de pé, abre o saco e observa o mofo sujo lá dentro, Rafa ajeita-se no tronco. Ela sempre conseguiu ficar bem em lugares que os outros julgavam desconfortáveis. Talvez por isso tenha conseguido adaptar-se tão bem à rotina de trabalho duro na fazenda.

– E como é que faz?

– Assim.

E Rafa esticou o braço, pegando uma lasca do mofo azulado que tinha dentro da bolsa de papel. Tinham que fazer aquilo logo, porque assim que era retirado das pedras onde crescia, o mofo começava a mudar e rapidamente se desfazia em um líquido que nunca secava. E aí, sim, podia ficar perigoso. Era como se infiltrava no solo, nas roupas e na corrente sanguínea das pessoas.

Ícaro e Rafa não sabiam exatamente como aquilo funcionava, mas dois anos sobrevivendo naquela surrealidade tinha permitido que eles aprendessem um pouco sobre as coisas. Por exemplo, que a melhor maneira de experimentar do mofo era dando uma bela duma mordida nele. Assim, ele só passava pelo sistema digestivo e as toxinas não eram fortes o bastante para espalhar-se na corrente sanguínea. Quer dizer, eles também não pensavam exatamente nesses termos, mas sabiam que se apenas mordessem, só iam ficar com uma dor de barriga, e se fumassem ou bebessem daquilo, teriam problemas bem mais sérios.

E então morderam do mofo proibido.

E não sentiram nada.

– Você não acha engraçado como as mudanças sempre chegam sem avisar?

Estavam em silêncio há tanto tempo que Rafa levou um susto quando o irmão falou.

– Eita, porra. Já bateu aí?

– Acho que não – Ícaro respondeu. E, olhando para a grama roxa crescendo anormalmente depressa aos seus pés, acrescentou: – Eu só estava pensando que as coisas nem sempre surgem com pompa e circunstância, sabe?

Rafa sentiu que se tivesse um cigarro, provavelmente era a hora certa de acender. No entanto, ela deu mais uma mordida.

– Continuo não entendendo.

– Lembra dos primeiros dias depois do Grande Fim?

– Ah, e como é que eu não vou lembrar – Rafa mentiu, pois, como já foi dito, a verdade é que as pessoas da família Dédalo não lembravam muito daqueles dias. Ela sabia que tinha por volta de quinze anos quando tudo aconteceu, assim como Ícaro tinha uns quase treze, mas mesmo a idade não importava muito mais, afinal, sem calendários, de que adiantava comemorar aniversários ou pensar no tempo? A mera ideia de que dois anos haviam se passado desde o Grande Fim era, francamente, irrisória.

– A impressão que eu tinha era a de estar um daqueles velhos filmes de faroeste do... – Ícaro faz uma pausa típica da família Dédalo. Toda vez que iam falar do irmão mais velho acontecia isso. – Sabe, em que os caubóis conquistam o Velho Oeste e acabam com as terras dos índios? A sensação que eu tinha era essa.

– Era como se os sonhos fossem um mundo sendo conquistado, não é?

Todos os piores pesadelos, pior até do que os segredos, de repente estavam ganhando vida.

– E a gente só... aceitou, não é?

– E dentro e fora dos nossos sonhos, tudo ficou diferente.

– O mundo mudou... dentro da gente.

– E se ele só mudou dentro da gente?

Ok, agora eles estavam viajando.

Rafa levantou-se e olhou para o céu acima deles e a cidade espalhando-se em verde lá embaixo. Eles mal conseguiam dormir naqueles dias e quando o faziam, era um sono sem sonhos, curto e seco como se fosse o pai falando com sua dureza *"Senta e dorme senão vai levar uma chinelada."*

Dormir era um castigo.

Mas não aquilo ali.

Vivendo numa época em que pesadelos espalhavam-se para todos os cantos alcançados pela visão, que o mal era uma presença constante em vez de um conceito, em que as pessoas eram forçadas a fazer coisas horríveis e ouviam que eram de uma espécie inferior e ultrapassada por invasores violentos e sanguinários, Rafa preferia a sobriedade quando se tratava de consumir algo que nublasse os seus sentidos. Enquanto o irmão isolava-se do mundo e o pai bebia até esquecer-se da pessoa que era, Rafa tomava a sobriedade da loucura para si. Todas as vezes que experimentou o mofo, ela sentiu como se estivesse sendo arrastada pelas emoções e pelos momentos mais difíceis da sua curta vida, mas ao menos ela sentia algo palpável, não a confusão neurótica de realidades invadidas por sonhos vivos e malignos de seres ancestrais destinados a invadir e conquistar a sua realidade. Porque a dor de um coração partido faz muito mais sentido que as dores quânticas de ter sua aura bioenergética rasgada por Shub-Niggurath.

– O Bode Negro dos Bosques com Mil Filhotes!

– O quê? – Ícaro sente como se descolasse de um pensamento com a fala da irmã. Estava em um lugar e, quando ela falou, ele se descolou desse lugar, sentindo cada poro igual durex nos pelinhos do braço, puxando devagar até que puxa demais e dói. – Tá vendo os pelo tudo garrado na fita?

– O quê?

E iam assim, cada um na sua. Mas telepaticamente juntos. Porque o mofo era uma droga telepática do mesmo tipo que era usada no Marrocos desde os anos cinquenta. Um importante escritor e pesquisador estadunidense fez registros do uso que ele fazia dessas substâncias e seus escritos ficaram tão famosos quanto *As Portas da Percepção* e *O Retorno à Cultura Arcaica*, vendendo milhões de exemplares e influenciando gerações inteiras. Para o bem e para o mal. Nas primeiras páginas do *Neuronomicon*, o livro com as anotações não cronológicas do gringo, era anunciado que aquilo na verdade era uma tradução para o inglês do *Dīwān al-nujūm wa-firdaws al-ḥikma*, do alquimista Khalid Ibn Yazid, que também era conhecido como *O Cancioneiro das Estrelas e do Palácio da Sabedoria*, mas especialistas questionavam a veracidade dessa informação ou mesmo que, se esse livro existisse, muito provavelmente não seria o *Neuronomicon* "traduzido" pelo estadunidense. Não era de se surpreender que, com o advento do Grande Fim, ele virasse uma espécie de Clavo de Orvalho, fundador de uma cientologia de terceira que se espalhava pelas cidadezinhas mais que *Deus é Amor* e *Universal* juntas nos tempos em que Jesus ainda estava na moda. Quando as bibliotecas ainda existiam, a de Mucarágua tinha dez exemplares só de um livro menos famoso dele sobre os gatos de sua vida e dos seus sonhos, *Os Gatos por dentro de Ulthar*, com pequenas anotações que foram lidas como poemas em um clube literário formado com os poucos frequentadores da Biblioteca Camilo Castelo Branco.

Ícaro lembrava-se da última vez que tinha ido lá com o irmão mais velho, antes de colocarem fogo no prédio da Câmara, no porão da "casa do povo": as poucas prateleiras organizadas, cada livro com seu cartão de empréstimo e um mar de assinaturas repetidas, carimbos com datas de retorno na folha de guarda e um mar de lembranças, de anotações a papel de bala, heranças deixadas por leitores do passado. Pessoas as mais diferentes, mas as mais iguais também, todas ali de Mucarágua. Ícaro lembra-se de ir lá na biblioteca e ver o irmão mais velho lendo o livro com outras pessoas. Khalid Ibn Yazid era o autor, o irmão orgulhava-se de ir em uma palestra do tradutor da tradução, Mauro Sá Rego, que trabalhou em cima da tradução para o inglês do texto feita por...

– Agora bateu.

– Com certeza.

– O que você quer dizer?

– Com certeza. Bateu.

– Você consegue saber se bateu tanto pra mim quanto bateu pra você?

– Que é isso, Rafa. Não estraga a onda.

Mas já era tarde demais. Ela já estava pensando no vidro partido e agora cada caco era de um espelho e era um lago também. Cacos alinhados no espaço diante dela em um padrão matemático um pouco ilógico, porque conforme você se aproximava deles, talvez por conta dos reflexos moles das gotículas d'água, como se estivessem prestes a gotejar em qualquer direção, parecia que o espaço entre eles aumentava e diminuía sem muita explicação.

E Ícaro, pensando na onda errada da irmã, começou a pensar que se Rafa, que tava acostumada, podia ter umas viagens tortas assim, que dirá ele, em sua primeira vez – a primeira coisa em que pensou foram nos monges amarelos e em como eles estavam sempre distantes e próximos ao mesmo tempo, e como, ao olhar nos olhos dos sacerdotes, sempre se lembrava dos evangélicos da escola e de como eram eles que mais o julgavam e atacavam, "o filho bastardo", "o filho mais preto". A ameaça que mais lhe fizeram quando estava na escola era a de que iam cortar sua língua e arrancar seus olhos. Ele nunca entendeu por que, numa cidade tão cheia de segredos, era justamente ele que sofria tanto, mas até aí, ele também não tivera tempo para envelhecer e descobrir que é justamente entre os mais jovens que a crueldade aflora com maior intensidade, enquanto os mais velhos sabem aplicá-la melhor, mas às escondidas. E, por ser irmão de quem era, Ícaro sabia que não ia demorar para que ele acabasse pagando pelos pecados dos quais o irmão conseguiu escapar.

Rafa e Ícaro tinham cada um suas miríades de espelhos quebrados, lembranças que gostariam de mudar se pudessem, já que agora não havia muita expectativa de futuro para tentar fazer as coisas diferentes. Mas cuidar do passado, por mais difícil que fosse, era uma opção acessível quando naquele estado soporífero dado pelo mofo. Ao contrário do futuro, reservado a destruições e tristezas, o passado podia tornar-se maleável, mesmo que por alguns poucos minutos.

3 Não era incomum para uma família de Dédalos que se sonhasse com asas abertas e a capacidade do voo. Menos incomum ainda para um Ícaro era sonhar que se aproximava demais do Sol e queimava essas mesmas asas. Voltar ao chão era sempre doloroso nessas ocasiões.

Os irmãos despertaram do torpor boliço do mofo com o verde do céu queimando suas retinas em luz e sombras, um efeito semelhante ao da *sananga*, um colírio indígena capaz de ampliar a percepção das cores e arder por demais a vista dos que o aplicam. Claro que nem Rafa, nem Ícaro sabiam nada disso, principalmente agora que a floresta amazônica tinha sumido do mapa, dando lugar a uma nova espécie de vegetação invasora.

– Qual o nome do parasita que ganha do parasitado e de repente fica maior do que ele?

Rafa olha meio assustada para o irmão. Chega a pensar em um filme de ficção científica sobre pessoas grávidas de um ser superior que ela via na coleção do irmão mais velho, mas o nome lhe escapa. Então, ela se levanta dando de ombros.

– Não faço ideia.

– Nem eu. Você sente falta das estrelas?

– Eu não sinto falta de nada. – Ela mente para si mesma.

Esfregando os olhos e afastando-se das imagens sangrentas refletidas nos cacos de vidro que a assombram, Rafa vira-se para entrar.

– Já vai?

– Eu não vou conseguir dormir, mas preciso deitar um pouco pra descansar o corpo, ou então vou ficar totalmente moída pra trabalhar amanhã.

– Belê. Eu vou ficar aqui mais um pouquim.

Rafa entra na casa e Ícaro fica sozinho, olhando para o céu de vapores verdes. E então ele percebe que precisa fazer algo que não faz há muito tempo: dar uma volta.

É claro que ele sai de casa com alguma frequência, principalmente para buscar água e garantir alguns temperos, mas só o faz durante o amarelado do dia, sabe? A última vez que Ícaro saiu de casa à noite e sozinho foi algumas semanas depois da morte da mãe, quando quase foi linchado por um grupo de garotos que conhecia desde a infância. Desde então, buscou pela segurança da casa.

Mas agora, iluminado pela consciência do mofo, percebia que se sentia tão inseguro em casa quanto em qualquer lugar. Logo, poderia sentir-se seguro o bastante para caminhar. Afinal, sua visão estava clara

UMA TORRE PARA CTHULHU **29**

e não enxergava nenhuma escuridão no verde naquele momento. Mesmo assim, ao decidir caminhar em direção à cidade, Ícaro não tomou a rua principal que passava logo ao lado do portão de sua casa, e sim a mata que começava a brotar do vale no quintal de trás, descendo devagar pelo barranco, com cuidado para não sujar as roupas e também para não se arranhar nos galhos das estranhas árvores que começaram a crescer ali. Ele não pensa nisso, mas, se estivesse sóbrio, certamente não faria algo assim por medo de deparar-se com alguma criatura desconhecida. E vai que aranhas e cobras sobreviveram a todos os desastres e só eles é que não sabem? Elas bem poderiam ter se escondido ali, junto com todos os cães e pombos.

– Eu já estou começando a me esquecer de como eram os latidos, pode isso?

Falando sozinho, Ícaro atravessou toda a mata sem parar um segundo que fosse, hipnotizado pela coloração alienígena e arroxeada que brilhava debaixo daquele céu verde. Não, ele caminhou até o fim da mata sem tropeçar numa raiz que fosse e chegou à estrada e à rua que levava do bairro de baixo até a rua principal de Mucarágua; e foi só aí que ele parou, mas não por causa de algo estranho e que fugisse à normalidade – para sua surpresa, a cidade continuava viva àquela hora –, mas porque ele viu que estavam derrubando o Bar do Dedé.

De pé desde 1926, como informava o frontispício decorado do prédio de um único andar, era um choque para Ícaro que o estivessem derrubando. Os dois gatos que compunham a fachada localizavam-se num coroamento no centro da loja, a data de inauguração no meio. A demolição tinha começado de frente para trás, com os fundos do prédio já no chão. Os gatos seriam a última parte a ser derrubada, mas Ícaro achou que não aconteceria. Afinal, gatos sobrevivem, não é mesmo? Até à porra do fim do mundo.

Então, passaram uma corda por cima do coroamento. Tiveram que jogar três vezes para conseguir pegar bem ao lado do topo, então o servente correu por trás, pegou a corda de novo e a jogou mais uma vez, dessa vez na direção da rua, acertando de primeira o outro lado. Pouco mais de cem anos e bastaram dois homens, cada um puxando um lado da corda, para pôr abaixo o que deveria ser o prédio mais velho de Mucarágua. Em sua onda, Ícaro pôde ouvir a estrutura gritar.

A onda que até então dizia respeito a um passado mutável, pleno de opções, agora se estabiliza no que é: passou. Não se pode fazer mais nada. Se o passado é cheio de traumas e o futuro, de inseguranças, que o presente seja.

– O quê?

Mestre Juca está parado ao seu lado. Cara de quem não dorme há dias, os olhos pesados e com olheiras que quase se confundem com o cavanhaque cheio e sem corte de bigodes podados a dentadas. Ícaro não sabe há quanto tempo ele estava parado ali ao seu lado, mas por um segundo pensa que faz sentido, que o álcool faz por Juca o mesmo que o mofo estava fazendo por ele.

– É uma coisa da física quântica, claramente. Tudo é incerto, nós sabemos que as coisas, nós, essas criaturas, os esporos, tudo existe, mas não se sabe o que vai fazer a seguir. Tudo que é observado observa de volta, e esses pares excluem-se epistemologicamente, entende? Nós e eles, todos à beira do abismo, tentando entender como foram parar ali. A gente achando que é o fim do mundo e dizendo isso sem parar e enquanto isso, taí esse prédio caindo. Nem o presente guarda alguma certeza, então não é melhor presenciar o agora e aceitar o que acontece? As coisas mudam.

– Isso é meio budista, né não? – diz Ícaro.

Mestre Juca faz um daqueles acenos de chefão em filme de máfia.

– Tá certo. Bem que seu pai fala que cês são inteligentes.

– Ele fala isso?

– Ah – Juca sorri –, seu velho não fala muito, mas tem hora que os olhos dele cantam tudo que cê precisa saber.

– Entendi, mas se meu pai te pega falando dele assim--

– Eu tô lascado.

– Cê é engraçado, seu Juca.

– Só Juca, só Icrim, que eu te conheço cê nem dente tinha ainda.

Ícaro ri. *Icrim.* Vê só, ninguém mais chamava ele assim.

– Juca. Tá certo.

– Isso aí. Diz aí, que que cê tá fazendo na rua com esse céu verde desse jeito?

– Olha, se eu tiver falando besteira, cê fala, mas cê era professor, néra? Então me diz, o que é essa mancha amarela e essa mancha verde que cobrem o céu igual uma geleca dessas de criança, que vai se esfregando por cima de um vidro e vai mudando a cor do céu de verde pra amarelo e pra verde de novo tudo de novo?

Juca balança a cabeça num movimento leve e alcoolizado. Normalmente, era ele quem falava demais e deixava os outros tontos. Aquilo era uma novidade. Pegou Ícaro pelo braço, do jeito que velhinhas seguram nos braços dos netos para não caírem enquanto andam pela rua olhando vitrines. Nesse caso, era só um pudim de cana tentando ficar de pé.

Mas, por mais que as pernas não funcionassem lá como se queria depois de uma visita ao alambique, a cabeça de Juca continuava a mil. Ele não parava de falar sem pensar, péssimo hábito, mas feliz naquele momento porque Ícaro encontraria uma coisa que outros levam a vida para achar: um mestre. E mesmo que fosse um mestre esfarrapado, sem tomar banho há dias e com um bafo capaz de ressuscitar um sapo atropelado, era um mestre.

E ele foi falando numa ladainha embolada de sabedorias misturadas até que Ícaro interrompeu-o:
- Mestre Juca.
- Esse é um apelido ruim, sabia?
- Você não gosta?
- Não é nem que eu não goste. Eu só não compro, sabe? Por que é que eu tenho que ser um mestre de qualquer coisa? Falam como se isso me desse alguma vantagem sobre o resto das pessoas. Mas não tem nenhuma, sabe? E eu nem sou mestre de nada, não. Nem de karatê procê ter uma ideia.
- Mas você é muito inteligente.
- Não, isso é besteira. Eu sei de um monte de coisas, mas não sei nada das coisas que todo mundo sabe.
- Então você acha que não é mais inteligente que ninguém?
- Eu só não tive tempo para fazer as outras coisas que eles fizeram. E vice-versa.
- Isso é um comportamento bem budista.
- O quê? De novo com isso de budismo.
- Tô te falando. Não sei de muita coisa, mas quando a biblioteca ainda existia, eu sempre pegava livros lá.
- Entendi. Olha, eu ainda tenho alguns livros se você quiser. Posso deixar na sua casa amanhã.
- Eu ia gostar disso. Mas acho que meu pai não ia gostar de saber que você tá me emprestando nada.
- Eu sei. Você devia era estar em casa, se protegendo das coisas que estão aqui fora.
- Até quando?
- Isso eu não sei. O que eu sei é que a gente tava falando agora mesmo sobre o futuro, não é? Como ele e o passado não podiam ser mudados porque só o presente pode.
- Mas o presente é agora e ele também não dá pra ser mudado.
- Porque está sempre acontecendo. Isso mesmo. Diz uma coisa.

Juca aproximou-se, braço ainda cruzado com o de Ícaro, que ficou um pouco enjoado com o bafo e a proximidade sorridente.
- Hum? - perguntou.
- Você não sabe, mas ao escolher o dia de hoje para sair de casa, você acionou chaves, destravou conteúdos, levantou cortinas e moveu engrenagens. Nada mais será o mesmo. O próprio fato de termos nos encontrado aqui, toda essa conversa. A minha vida também mudou.

Era uma vez um aprendiz que se descobria mestre e não estava pronto para isso. Até porque Juca estava mais pra lá do que pra cá e era difícil concatenar as ideias nessas ocasiões. Ainda mais diante das visões causadas pela loucura dos esporos de samambaias mutantes do quintal de seu Genilson onde estavam passando agora.

Elas também surgiram para Ícaro, misturando-se com a onda do mofo, mas como eram inofensivas, ele apenas curtiu o leve padrão animado que tomou conta do mundo, num estilo que ele não conseguia lembrar exatamente qual era, só que o desenho estava grudado no fundo da sua mente de tanto ver o irmão mais velho assistir repetidamente em uma fita velha de VHS – era *Eek! The Cat*, mais especificamente *Sharky, o cão tubarão,* que ele também não lembrava de lembrar. Já Juca estava mesmo era na onda de sempre, avantajada pela empolgação de ter alguém que o custeasse e pelo temor de agora ter que servir de mentor para alguém. Logo ele, que nem lavava as próprias roupas.

– Olha, garoto, foi um barato te encontrar. Mas eu preciso ir pra casa. Colocar o juízo no lugar um bocado. Você já está voltando pra casa, né?

– Sim, claro. – Ícaro mentiu.

A seis mil, seiscentos e sessenta e três quilômetros dali, o vulcão Pacaya arrota na Guatemala e inicia um deslocamento de ar poderoso que leva cinco dias pra chegar em Mucarágua. Enquanto isso, Juca e Ícaro tomam caminhos opostos. Juca inquieto com a descoberta de que voltaria a ser professor nessa vida. Ícaro chapado com a descoberta de uma jornada toda própria, que talvez não incluísse a família. Uma oportunidade para conhecer o mundo e descobrir-se, escolhendo a melhor opção que lhe aparecesse – na verdade, a única.

– Escolher como? – Ícaro pergunta para Juca, que não sabe se ele ouviu seu pensamento ou se ainda está falando de algo que aconteceu lá atrás.

– Acho que só dá pra esperar – disse Juca de costas, dando de ombros – e ver o que acontece.

– Ao caminhar se caminha. Uma bobajada budista assim.

Ícaro caminhava com calma agora. Era engraçado redescobrir a cidade assim. Sem TV, rádio ou carros, a cidade voltara a ser uma vila do começo do século XX. Nem energia solar funcionava mais e o meio mais seguro de transporte era o trem, cuja linha continuava em construção, e, mesmo assim, as cidades estavam isoladas e ninguém era incentivado a ficar indo de um lugar para o outro. Na maior parte do tempo, as pessoas só ignoravam umas às outras, mas não era incomum que se estranhassem, ainda mais quando tinham um objetivo comum em mente. Na fila da água, por exemplo, era comum que Ícaro visse pessoas estranhando-se por qualquer coisa. Ele então ficava do jeitinho que a irmã ensinara, por baixo do radar, na dele.

UMA TORRE PARA CTHULHU **33**

– Sobreviver – Rafa explicara quando eles ainda eram mais novos *– é um negócio que tem que se fazer todo dia. Você tem que tomar cuidado com quem está falando, a hora que sai, pra onde vai. O mundo não é nosso amigo, então a gente precisa ser nossos próprios e melhores amigos. Só aí, quando você estiver seguro e forte, é que vai ser capaz de ajudar os outros nesse mundo.*

E olha que o mundo ainda tinha alguma salvação nessa época. Agora nem isso.

Um pequeno tremor de terra e Ícaro percebe que o trilho mudou da terra para o paralelepípedo. Engraçado como essas coisas acontecem quando você não está muito no seu juízo. De repente, um poema vem à sua mente e ele não sabe direito de onde, só que certamente vinha de uma das fitas do irmão mais velho:

> *No limite da cidade*
> *Você atravessa para*
> *Ver o viaduto apontar*
> *Os pássaros piando*
> *Canções do fim do mundo*

Mas não consegue pensar muito tempo no que declamextrapolava. Já estava virando uma esquina e dando de cara com uma fila que nem notara, foi logo indo e deu de cara com ela e foi daquelas coisas tão surpreendentes que ele permaneceu ali, mesmo sem saber onde é que daria. E mal teve tempo de perceber as outras pessoas, viu só que eram crianças. Ele podia ver outros jovens como ele, mas também crianças. Não sabia se era a onda ou o mundo mandando a real na sua cara com muita força e de uma vez, o caso é que Ícaro vê crianças para frente e para trás na fila, todas excitadas, rindo e pulando, como as crianças deveriam ser se não vivessem num planeta que tinha perdido uma guerra e, como uma nação ocupada estivesse, pouco a pouco, vendo sua população ser assassinada pelos invasores e uns tantos colaboradores.

– Isso não faz sentido – Ícaro diz para si mesmo, a onda chegando toda de novo na forma da pressão caindo.

– Humanos, sacou? – Juca, do nada, está de volta ao seu lado. *– Não estou aqui de verdade, isso é uma projeção ou uma maneira de encarar o tempo diferente. Melhor não se incomodar com isso por enquanto. Apenas aceite que o tempo às vezes funciona de uma maneira diferente, principalmente pra mim e pra você. Só o que sobrou são os parasitas. Urubus. Anus. E nós.*

– O moreno ali. – Agora é outra voz, fazendo Juca e sua voz do futuro ou do passado irem embora, porque quem fala agora é uma voz e rosto conhecidos, apontando insolente o queixo na direção de Ícaro, um cabelinho de DiCaprio no *Titanic*. E Ícaro já sabia bem o que vozes vindas de queixos assim queriam dizer, de forma que, quando chama de novo, ele responde:

– Que foi?

Igual galo de briga, o bruto, que agora ele reconhece como Drézim das Batatas, cerca Ícaro, estufando o peito de bomba e querendo ganhar do magrelo na base da voz alta. Com Drézim sabendo que a conversa vai acabar ou até esperando que Ícaro se manifestasse de alguma forma só para ter a desculpa de descer a porrada nele. Uma vida daquilo nos recreios, saídas, entradas e até no meio da rua. Ícaro sabia o que estava fazendo e não ia mais aguentar a porrada. Agora ia ser diferente. E que fosse como os Antigos quisessem.

Drézim não esperava aquela resposta de Ícaro. Achou que ia assustá-lo e só. Mas viu que era uma boa hora de vingar-se do que tinha acontecido com Dudu, que, além de se matar, ainda teve a mensagem enviada para Ícaro compartilhada pelos celulares da cidade. E antes que os sinais de telefone, internet e energia acabassem, o último babado que todo mundo da cidade tinha ficado sabendo era que o seu melhor amigo tinha morrido daquele jeito, apaixonado por uma bichona igual Ícaro. E sabia-se lá o Deus morto quantas vezes Ícaro tinha dito que não era viado, que ele era só na dele, nada daquilo importava, o importante era atacá-lo, ofender sua irmã – que era gay –, seu irmão, que era a pior pessoa de Mucarágua, embora não fosse assim que se lembrasse dele, e, principalmente, ele mesmo, por não ter a mesma cor dos irmãos, por obviamente ser filho de um pai diferente... E ele não aguentava mais nada daquilo antes do Grande Fim, agora é que não ia ficar levando desaforo mesmo.

E então Drézim falou de novo:

– Ô, Icrim!

– Quem? O irmão do Coveiro Assassino? – perguntou um sacerdote amarelo ao seu lado.

– Ele mesmo.

Ícaro achava triste, mas entendia que não se falasse o nome do irmão mais velho em casa, mas vê-lo sendo referido daquela forma pelos outros sempre o chateava. Ele ainda pensou em responder a Drézim por ter se referido a ele daquela forma, mas algo lhe dizia que era melhor deixar pra lá. E logo Drézim grandão estava colocando a mão pesada em seu ombro, e Ícaro precisava olhar para o lado e para cima para encarar Drézim e isso doía demais, mais do que deveria, mesmo estando chapado.

– Falaí, Cricrizinho. – Ele odiava aquele apelido assim, ser chamado de *Icrim* por Juca e pela família era uma coisa, mas aquilo ele não suportava. – Eu nem sabia que cê ainda tava vivo.

UMA TORRE PARA CTHULHU 35

– Até agora.

Ícaro nem mesmo tenta desvencilhar-se da mão pesada em seu ombro. Ali, chapado de mofo e entre as pessoas da fila que não parava de crescer (mesmo que ele não estivesse vendo ninguém indo em direção a ela em primeiro lugar), tudo o que pode fazer é tentar manter a calma. Drézim tira Ícaro da fila, agora o pegando pelo braço, não como Juca estava fazendo, mas com uma força que não se faz visível mesmo para a audiência mais próxima: a verdadeira demonstração de força dos brutos é aquela que só vê quem quer.

– Pra onde... pra onde a gente tá indo?

Drézim dá o hospitaleiro sorriso de um guarda recebendo prisioneiros.

– Cê vai ver, Cricrizinho. Cê vai ver já já.

Tão logo é retirado da fila cuja serventia ele desconhecia, Ícaro é guiado por um portão lateral. O tempo inteiro ouve as pessoas falando dele – "olha lá, o irmão do Coveiro Assassino", "aquele num é o nigrinho de Malaquias?", enquanto se sente como uma pessoa que ficou sentada ou deitada demais e tenta levantar-se de uma vez. O sangue e a pressão abaixam e ela fica tontinha. Era assim que a realidade estava apresentando-se para ele naquele momento, pressão baixando porque finalmente tinha se levantado da cômoda posição de quem não se dá conta do que está acontecendo no mundo por ter ficado tempo demais em casa. Ícaro opta por apenas ir, seguir o fluxo, onde quem sabe o que ele veria agora e que coragem repentina o acometeria, logo ele que não deveria ter nenhuma.

Ou não devia ter ainda. Afinal, o mentor tinha aparecido e ido em outra direção enquanto ele caiu naquela situação, no mínimo, delicada.

Caminham por uma série de jardins ao lado de uma casa grande, que agora ele reconhece como sendo a casa do doutor Aziz, patrão de sua irmã e, antes dela, da sua mãe, que trabalhou como cozinheira da fazenda por muitos anos antes de ele nascer. Estão dando a volta, óbvio que não é para Ícaro entrar lá, vão para os fundos. Quando viram a primeira curva à direita, um trem apita dando a ordem dos trabalhos, as filas começam a mover-se e Ícaro toma um susto espalhafatoso.

– Desculpa aí – ele começa a dizer.

Está nervoso e tenta conter-se para não começar a fazer o que sempre fazia quando tinha que conversar com alguém, comparando a vida com um filme. Nesse caso, era outro dos filmes do irmão mais velho. O filme do qual se lembrou tinha uma cena em que um homem encontrava um amigo para dizer que sonhou que encontrava um sujeito sinistro como a morte nos fundos do restaurante onde estavam comendo. O homem pede ajuda para ir aos fundos do restaurante e o amigo lhe diz que é absurdo ele estar tão apavorado por causa de um sonho.

Quando vão, um mendigo coberto por sujeira aparece de repente e o homem toma o maior susto da vida, apavorante, morto de medo. Ícaro quer falar sobre o filme, quer ser engraçadinho e aceito de certa maneira, ele precisa disso para sobreviver e voltar para casa, pois ele sabia que o que quer que acontecesse com ele depois daquilo, não tinha mais volta. E ele queria falar sobre o susto e o filme e de como o mundo agora se parecia demais com um sonho, com coisas que não se encaixavam e, mesmo assim, aconteciam, uma de cada vez. Como agora, ele estava fazendo a curva e tomando um susto com o barulho do trem, que é um negócio que ele acredita nunca ter ouvido na vida e mesmo assim reconhecia, mas esses pensamentos todos foram suprimidos, engolidos pelo que viu a seguir – só levou um milésimo de segundo, mas foi o bastante pra foder com a cabeça dele.

Ele viu a Grande Torre.

casa de bonecas

1 Malaquias não dorme. Não prega os olhos. Mal se deita. Acha que nunca mais dormiu depois que a mulher morreu. O nome dela podia ser falado na casa, mas ele também não falava e os filhos, muito menos. Os mortos ficavam sem nome e os largados eram proibidos de voltar. O pai dele ensinava assim e era assim que ele queria ensinar pros filhos. A vida não era fácil, fossem eles quem fossem. Então podiam ser um pouco mais normais se quisessem ficar vivos, pois não tinham lugar nenhum para ir. Igual era com os passarinhos e suas gaiolas. Era melhor que eles ficassem presos. Iam ter comida, água. O que é que poderiam querer do lado de fora?

Mas agora não havia mais nenhum pássaro em Mucarágua além dos urubus e dos anus mutantes. E ninguém queria engaiolar esses.

– *Se as estrelas pudessem, elas fariam esse momento parar para sempre.*

A voz da mulher ainda edulcorava o ambiente. Na maior parte do tempo, Malaquias preocupava-se em saber por quanto tempo ainda conseguiria lembrar-se do jeito dela, do volume da sua fala, a cadência. Será que um dia ele se esqueceria de algum detalhe? A pinta na altura da bacia que ele viu crescer até o ponto em que fosse preciso retirá-la cirurgicamente e que, mesmo depois disso, todas as vezes que a abraçava, jurava que podia sentir o volume por baixo do vestido. Ele já tinha ouvido falar em membros fantasmas, amputados – como seu irmão Miguel, que perdeu o pé para uma jiboia – que continuavam sentindo um dedo ou uma mão que já não estavam mais conectados a eles, até podia entender a esposa como um familiar fantasma, visto que o lado da cama dela continuava desocupado e ele não conseguia falar com outras pessoas porque só queria falar com ela, mas até aí... pintas fantasmas? Esse era um conceito do qual ele ria toda vez que pensava.

Olhou para o alçapão. Se se empenhasse, Malaquias poderia terminá-lo antes de sair do quarto para tomar café. Uma coisa o Grande Fim fez por ele: ao não precisar mais dormir, também quase não levantava mais de madrugada para ir ao banheiro. De fato, mal podia lembrar-se da última vez que fora ao *dabliucê* e estava bem com isso. O alçapão estava ficando ótimo.

No quarto ao lado, Rafa acorda com a voz da mãe também batendo nos ouvidos. Reflexo da onda da noite anterior ou as barreiras da consciência tornaram-se mais difusas e agora consegue ouvir as alucinações do pai? Ela não sabe e nem quer pensar muito nisso. Está com uma baita dor de cabeça, pouco fingiu que dormiu e o céu ainda está esverdeado. Pensa em pentear o cabelo, mas a preguiça fala mais alto, então só amarra um rabo de cavalo, rapidamente convertido em coque, e mete um boné na juba. Sempre odiou que chamassem seu cabelo de indomável, queria que soubessem que ela era indomável. O cabelo a definia? Como podia ser isso, se ela não lhe dava a menor atenção? O pai, mestiço como a mãe, costumava elogiar seu cabelo quando era mais nova, como se isso a diferenciasse do resto da família por conta de uma herança genética vinda de uma avó de olhos claros que ela nunca conhecera. Talvez porque sempre fora um pouco mais rebelde do que esperavam que uma menina seria, talvez porque ela não conseguisse identificar-se com essa avó que não passava de um retrato preto e branco na parede, ou, talvez, porque ela preferia não ser tão diferente do irmão mais novo, a quem sempre fora absurdamente ligada na infância; o fato é que ela fazia o possível para esconder os cabelos, quando era criança, chegou até mesmo a cortar uma trança que a mãe orgulhosamente fazia todos os domingos antes da igreja. Então, quando o Grande Fim chegou, ela desistiu de lutar com o cabelo e ele ganhou a batalha, crescendo sem parar, só sendo interrompido pelos bonés e elásticos. Como a maior parte das pessoas, Rafa não se sentia segura o suficiente para lidar com uma tesoura sem querer enfiar uma de suas pontas nos olhos.

Enrolou um pouco mais na cama, esperando que Ícaro começasse os afazeres na cozinha. O irmão sempre sabia a hora certa e agia como o relógio biológico da família. Dalguma forma, com o esmaecimento da luz verde, Rafa ficou preocupada que o irmão fosse se atrasar em seus afazeres. Pensou em levantar-se e cuidar do café ela mesma, mas só a ideia de ter uma indisposição com o pai por culpa de Ícaro fez com que ela continuasse deitada. Então, ouviu o barulho da porta, mas não era a do quarto do irmão ou do banheiro, era a porta da cozinha.

Ícaro não estava mais viajando quando voltou para casa. Não, tampouco tinha medo ou qualquer um dos outros sentimentos que carregava consigo quando excursionou pela noite verde depois de comer o mofo proibido com Rafa. Agora só sentia tranquilidade. Estava tudo certo, finalmente tinha encontrado seu lugar no mundo. E não era lavando a louça, arrumando a casa, cozinhando e ficando preso com a sua família.

Mas, assim mesmo, ele acendeu o fogão à lenha de tijolos, encheu o canecão e começou a preparar o café velho e fedido que o pai trocara por um porco bem no começo do Grande Fim. Aquele café, eles acreditavam, era a coisa mais valiosa que a família Dédalo jamais tinha possuído.

O pai foi o primeiro sair do quarto, como de costume, com a sutileza de mil porcos, de mau humor e sem dizer uma palavra. Comeu parte do jantar, pegou a quentinha que Ícaro tinha preparado na noite anterior e saiu com uma caneca cheia de café. Logo depois foi a vez de Rafa. Ela se sentou, observou as calças sujas de barro do irmão e não disse nada, só comeu. Trocaram cumprimentos cordiais e ela saiu, não sem esquecer sua própria quentinha.

Ícaro esperou um pouco até que a irmã tivesse tomado distância suficiente da casa e então entrou no quarto do pai, onde a voz fantasmagórica da mãe continuava a ressoar. E começou a varrer a poeira de bambu cortado durante a noite. E fez isso recitando um poema.

Mas desta vez não era um verso esquecido de um filme velho cujo nome ele não sabia, o que saía da boca de Ícaro era uma oração antiga e poderosa. Algumas das palavras eram estranhas a ele, mas assim mesmo saíam com naturalidade, como se as conhecesse desde sempre, como se nunca tivesse precisado decorar: – *Ao Senhor da Mata e aos homens de Leng, vindos dos poços da noite para os golfões do espaço, e dos golfões do espaço para os poços da noite, sempre louvando o Grande Cthulhu, a Tsathoggua e Aquele Que Não Deve Ser Nomeado, a ele pedimos abundância. Ao Bode Negro dos Bosques. Ia! Shub-Niggurath! O Bode com Mil Filhotes!*

2 Caminhar depois de ficar chapada nunca foi a coisa favorita de Rafa. Na maior parte do tempo, ela só sente que poderia beneficiar-se de tirar um cochilo. Infelizmente, dormir não era uma opção, mesmo que pudesse, e o trabalho estava logo ali. Literalmente. Ela não se lembrava de ter feito todo o caminho até a fazenda. Pode ter levado minutos ou horas. O céu já começava a amarelar e ela sabia que estava atrasada pelo tom adquirido pelo Morro da Bunda, um ponto distante da fazenda onde as crianças diziam que um gigante tinha se sentado e deixado sua marca. Essa ideia nem parecia tão absurda mais, Rafa tinha certeza de que se dissesse aquilo para uma criança dos dias de hoje, era bem capaz que ela ficasse esperando o momento em que o gigante fosse voltar para descansar o rabo no vale.

Cacete, até um adulto ia cair nessa!

Andar, andar e andar. Cada passo um suplício. Tem algo de errado e é o coração de Rafa quem está dizendo. Ela sente que vai acontecer alguma coisa ruim quando chegar ao trabalho ou voltar para casa.

Ao chegar na fazenda, o primeiro dos maus augúrios a aguarda na porteira. É Felipe: tem os olhos injetados de quem varou a noite a chorar e está parado na porteira, completamente desolado.

– O que houve?

Ele não a responde, só olha na direção dos colegas de trabalho lá dentro e berra:

– E ela? Cês também não vão deixar a Rafa passar, né? Seus fiadaputa!

Rafa puxa o amigo pelo braço, tirando-o da rua antes que seja absurdamente atropelado por uma carroça a 2 km/h, puxada por uma vaca-besouro mutante de meia tonelada.

– Tá loco, Felipe? Vai se matar assim, ô.

Felipe esboça uma reação de raiva misturada com hilaridade pelo absurdo que os rodeia, então percebe que ela não sabe. É óbvio que não, como saberia?

– Olha, eles... Eles tão mandando a gente embora, Rafa.

– A gente?

– Você também – diz um funcionário, da porteira para dentro. – Doutor Aziz teve um siricutico e os filhos venderam a fazenda.

– Assim?

– Já tava acontecendo tem um tempo. Mas aqui, presta atenção no seu amigo.

Rafa olha pro lado e Felipe já está longe.

– Ei! Ei, pera aí! – Ela alcança Felipe, respiração pesada como se tivesse fumado. – Como assim a gente foi demitido?

– Sendo, cacete. Olha, Rafa, é melhor você ir pra casa. A filha do meu cunhado sumiu e eu tava vindo aqui pra dizer que não ia poder trabalhar hoje quando me avisaram que tava tudo bem e que eu também não precisava vir amanhã também. E nem vão pagar a gente, tá?

O fato é que ninguém recebia mais nada pelos trabalhos que faziam. De que valia o dinheiro em um mundo onde todos os meios de produção estavam paralisados, onde não existia energia para nada além da produção de alimentos que envenenavam e consumiam as mentes das pessoas? A maior diferença nas vidas de Rafa e Felipe é que trabalhando na fazenda eles tinham direito a uma cota semanal de carne. De

UMA TORRE PARA CTHULHU

resto, como a maior parte das pessoas, eles só cuidavam de hortas em suas casas – na casa de Rafa, esse trabalho ficava por conta de Ícaro – e trabalhavam para não enlouquecer como o resto das pessoas. Rafa sentia que não era de todo ruim que ficassem sem a carne, embora estivesse começando a acostumar-se com ela, mas ficar sem trabalhar realmente seria uma coisa difícil.

– Mas nós ainda podemos trabalhar no trilho do trem, não?

– Como? Todo mundo quer trabalhar nisso, não precisa de nenhuma experiência, nada. Você vai chegar lá e competir com trezentas pessoas que estão na sua frente?

– É, *cê* tem razão. Desculpa, Felipe. Você disse que sua sobrinha sumiu, né?

– Pois é, ele veio bater na nossa janela hoje cedo. Eu tava preparando o café – que, no caso de Felipe, era um chá amargo feito com folhas que sua sogra jurava que eram boldo – e ele apareceu do nada. Não entendi o que tava dizendo. Quer dizer, se a menina não estava em casa, o que é que eu tinha com isso?

Agora, Rafa e Felipe estavam parados. Os dois pensaram que era uma boa hora para fumar, mas não tinham cigarros há quase dois anos, então só ficaram ali, sentindo uma brisa inesperada, um calor que fazia até parecer que ainda existia algum sol lá em cima, no céu.

– Bem, você é o tio dela, Felipe. E sua esposa é a tia.

– Eu tenho meus filhos, Rafa. Eles não saem de casa de madrugada. Você também tem o seu irmão mais novo e é a mesma coisa.

Ela ainda pensou em dizer que ontem mesmo ele estava todo feliz com a ideia dos filhos serem levados pelo Rei de Amarelo, mas de que adiantava isso agora? Todo mundo mudava de ideia o tempo todo e isso acontecia até antes de o mundo acabar. Por fim, ela disse:

– O Ícaro já tá grandinho e tem condição de escolher o que vai fazer...

– Esse não é o caso. Eu só não queria que ele viesse bater na minha porta trazendo um problema, sabe? Eu queria acordar igual faço todo dia, daí vinha pra fazenda e trabalhava até me matar. Eu não precisava que as coisas fossem...

Felipe assoa o nariz com a barra da camisa. Os olhos marejados.

– O que foi?

– Eu só queria que as coisas fossem normais.

Rafa olha ao redor, samambaias fluorescentes crescendo, parasitárias, por todo lado.

– Foi mal, mas acho que é tarde demais pra isso. Desculpa, Felipe... mas eu não acho que as coisas vão voltar ao normal. Nunca mais. Na verdade, eu acho que, seja lá o que estiver acontecendo com o mundo, a gente não tem mais nada pra apitar aqui, sabe?

O APOCALIPSE AMARELO

– Você não tem filhos.

– Eu tenho uma família.

Eles trocam olhares de amigos que se conhecem o suficiente para saber o que há de significante nas vidas um do outro. E Rafa sabe que Felipe sabe que a família não está entre as coisas que dão significado a sua vida. Ele sabe que a vida da amiga espatifou-se duas vezes, com uma despedida à madrugada na rodoviária, antes do Grande Fim, e no banheiro de sua casa, onde se recusara a rezar com a mãe antes de ela morrer.

– Eu preciso ir – diz Felipe, sabendo que não há mais nada a ser dito entre eles.

Amizades são assim, às vezes elas flutuam serenas sobre os mares mais agitados e, sem que se perceba, afundam na maré mansa. É claro que não há nenhuma mansidão esperando por ninguém aqui. Rafa sabe disso enquanto caminha de volta para casa. A verdade é que não há lugar para ir, não existem braços abertos esperando-a para um abraço que devolverá significado ao mundo. Ela sente um pouco de inveja de Felipe, que permaneceu ao lado da mulher que ama durante todo o Grande Fim e o que houve depois. Até mesmo sentia um pouco de inveja dos pais em sua relação tonitruante de quem não consegue escolher o que assistir na TV ou até ficar juntos no mesmo cômodo por mais do que cinco minutos. Mas Rafa não tinha para quem voltar, não tinha com quem brigar e, principalmente, não tinha alguém para ficar ao lado e ter esperanças de que havia um futuro para se compartilhar.

3 *"Levantamos cedo para fazer o trabalho de que gostamos e o fazemos com alegria."*

Quem poderia ter dito tal sandice?

Malaquias cava a oitava cova do dia. Juca já está ali do lado, falando como se não houvesse amanhã. *Se ao menos uma vez aqueles urubus de merda servissem pra alguma coisa, iam tirá-lo dali*, pensa. Juca continua falando, os outros coveiros não estão nem aí, eles também já levaram aquele bêbado desgraçado para o bar alguma vez. Era a isso que sua vida resumia-se, a pessoa mais próxima dele era um homem disposto a beber e falar com qualquer um, mas que escolhera seus ouvidos pra despejar toda ladainha sem sentido que consegue imaginar em sua ebriedade.

– Sabia que essa é a terceira cova que abro hoje pra mesma família?

Juca para de falar o que quer que estivesse falando e para para pensar no que o outro está dizendo. Uma raridade, veja só, Malaquias puxar um papo. Mesmo que fosse barra pesada igual aquele, mas vá lá, cavalo dado não se olha os dentes.

– Nussenhora. E tudo na mesma lapada?

UMA TORRE PARA CTHULHU 43

– Pai, mãe e filha de oito anos. A garota sumiu pela manhã e os pais ficaram desesperados, procurando pela cidade. Procuraram até aqui no cemitério, com medo de que algum fanático tivesse largado a criança pros urubus. Pois então, esses dois tinham, e ninguém sabia disso, um fusca com bateria e um pouco de gasolina.

– Matam por um negócio desse.

– Igual mataram o povo que tinha energia solar.

Gás, gasolina, álcool e baterias, tudo acabou muito rápido depois do Grande Fim. Principalmente em Mucarágua, que é longe de tudo. Hoje é arriscado para Malaquias ter sacos de café, mas ter um carro com bateria? E energia solar? Quando o Grande Fim chegou, ninguém sabia exatamente o que ia acontecer, então, assim que demônios e alienígenas com cara de enguia começaram a cair dos céus e a perderem-se pelas ruas de uma cidade grande – e ninguém conseguia pará-los –, o que se descobriu é que *ferrou, o mundo vai acabar*, e daí as igrejas fizeram o favor de convencer as pessoas de que era, sim, o Apocalipse, principalmente depois que se somaram aos demônios – e que ninguém levou muito a sério no começo – as grandes mudanças no meio ambiente e na própria natureza última do bom-senso e da vida como ela é. Não, nada mais foi o mesmo. A energia elétrica acabou, assim como a água encanada. Mucarágua deu sorte por ter várias fontes naturais de água, mas ocorreram conflitos pelo controle desses bens que só acabaram porque as estradas foram tomadas por criaturas descendentes dos Grandes Anciões. Muito piores do que vacas com casca de besouro e anus virados pelo avesso. E quando ficou impossível sair da cidade e o céu foi coberto por essas cores que convenientemente chamam de verde e amarelo, mas que sempre parecem novas, estranhas, acabando com o Sol e toda a luz e escuridão. Foi só aí, quando todos viram que não tinha mais jeito de sobreviver e entregaram-se a uma sobrevida machucada e impossível de ser alterada, que pararam de procurar por qualquer coisa do passado. Ninguém mais subia num morro e ficava levantando o celular em busca de sinal. Não esperavam mais por bebidas geladas e nem que iam percorrer longas distâncias sem trabalho. O mundo acabou e, junto com ele, todas as regalias.

– Como eu disse, matam por um negócio desses.

– Ou, nesse caso, morre-se mesmo.

– Eles mataram a menina e ficaram apavorados, daí esconderam o corpo no fusca e fugiram com ele, batendo num poste e morrendo todos. Acertei?

Malaquias não entende nada.

– Que negócio é esse, Juca?

– Você ficou muito tempo quieto, falando pra dentro. Eu queria saber o que aconteceu com o casal e a criança.

– Não. Caralho, Juca, que cabeça doente que você tem. Até pra depois do Grande Fim.

– Até parece. Metade das pessoas aqui perto podem lhe dar cenários ainda mais macabros e vão dizer que foi só a primeira terça-feira do mês. Ainda tem outras cinco.

– Que mês que tinha seis terças, Juca? – Malaquias suspirou fundo. Era sempre esse papo de maluco. Deu mais duas cavoucadas com a enxada na cova e parou para voltar a falar: – Não. Eles se mataram. Agora, cê não vai acreditar num negócio. A menina tinha se escondido deles, brincando, dentro do carro. Eles andaram a cidade e a casa toda atrás dela, procuraram em tudo...

– Menos no carro.

– Menos no carro. Daí, ficaram apavorados que ela nunca fosse aparecer, meteram uma borracha no cano de descarga e deram partida. Um vizinho encontrou os três porque sentiu o cheiro do escapamento...

– Que saudade desse fedor.

– Eu também. Enfim, o vizinho entrou lá e encontrou os dois mortos no banco de trás.

– Com a menina no banco de trás?

– Isso, debaixo. Só acharam ela depois.

– Você devia ter guardado essa informação.

– O quê?

– Fazer suspense na história.

– Não enche, Juca. Tá vendo que vou enterrar essa gente, não?

– Claro que tô, ué, cê tava me falando isso agora.

– Não, sua anta. Sai da frente.

Juca olha pra trás e saca que por detrás dele vem um pequeno cortejo guiado por um sacerdote amarelo. Ele levanta de onde está sentado, derrubando um tijolo, pisando no cimento, e então inclina-se na direção de Malaquias e diz:

– Cê também num entende nada que esses caras falam ou sou só eu?

Malaquias dá um empurrão nele e um passo para trás. Os urubus abrem passagem conforme o sacerdote aproxima-se. Pouca gente acompanha o cortejo, a maioria dos presentes são parentes vigiando para que as joias dos mortos não sejam roubadas.

O enterro segue como sempre, Malaquias escuta um pouco do que é rezado:

– *...os encontraremos de novo nas ruínas da antiga e famosa e sombria e perdida cidade de Carcosa. Porque não podemos nos esquecer de Carcosa, onde estrelas negras adornam os céus e as sombras dos pensamentos dos homens alongam-se pela tarde quando os sóis gêmeos descem sobre o lago fino e vazio de Hali, onde nossa mente*

UMA TORRE PARA CTHULHU 45

carregará para sempre a lembrança da Máscara Pálida. E nas ruas escuras de Carcosa também ouviremos o grito agonizante de Cassilda e palavras horríveis ecoando por toda a dinastia de Carcosa, os lagos que se conectam com Hastur, Aldebarã e os mistérios das Híades. E falaremos sobre Cassilda, sondando as profundezas enevoadas de Demhe e o lago de Hali. Os farrapos cortados do Rei de Amarelo devem ocultar Yhtill para sempre – recitaram todos em uníssono e as estrelas negras penduradas no céu vibram nesse momento, o que sempre intriga Juca, que fica olhando pra cima meio embasbacado e alheio ao restante dos ritos do funeral.

– E enfim veremos as torres de Carcosa atrás da Lua.

4 Os enterros levam o que parecem ser séculos para acontecer. Malaquias tenta não pensar muito nas pessoas que enterra. Quando está no cemitério, quase não fala, a não ser quando Juca aparece e quando tem tempo para visitar o túmulo da esposa, onde aproveita para desabar e desabafar. Em casa, seu silêncio com os filhos tornou-se mais audível depois do Grande Fim, embora ele também nunca tenha sido um grande falador no antigo mundo.

Agora mesmo, vendo a filha tomada por uma tristeza que ele conhece bem, de ser impedida de trabalhar na única coisa em que acredita que é boa, palavras de vários tipos amontoam-se em sua garganta. Ele quer levantar, passar a mão nos cabelos rebeldes dela e dizer que está tudo bem, que eles vão dar um jeito. Quando finalmente abre a boca, diz:

– Cê pode trabalhar na linha do trem. Se tivesse falado alguma coisa, eu tinha trazido ovo de anu.

– Ovo de anu?

– Tem gente criando igual galinha.

– E o ovo é igual de galinha?

– Acho que não. Amanhã a gente descobre.

O silêncio volta à mesa. Ícaro está na pia. Ainda ontem, uma conversa nascia e murchava na mesa igual acontecia todas as noites e ele se esforçava para fazer continuar, para que aquele papo desgovernado continuasse nos trilhos. Hoje, Ícaro só lava a louça e pensa no futuro. Nem é um futuro tão distante, é só dali a pouco. Não é nem antecipação nem nada, quer dizer, ele até tinha um certo formigamento na barriga, mas era bem mais que isso. *Que o futuro tome conta de si mesmo*, Ícaro pensa. E volta a cozinhar a folha fúngica que será dividida pelos três. Malaquias vai deitar sem terminar seu pedaço da folha, que joga pela janela e é apanhado em pleno ar por um anu. Ícaro começa a tirar a comida e despede-se de Rafa, que também vai para o quarto. A cozinha é invadida pela luz verde. Sozinho, Ícaro aguarda.

O resto da noite segue seca e calorenta. Rafa rola na cama, a impossibilidade do sono é sempre um fardo, mas em alguns dias ela é maior do que se pode suportar. Não é tanto por ter um sono que não consegue encontrar vazão, é mesmo para poder parar de pensar um pouco, imbuir-se da aceitação que ela sente que o mundo inteiro, inclusive seu pai e o irmão, tem e ela não consegue aceder. De repente, vê a vela passar no corredor; Ícaro não gosta de ir ao banheiro no escuro do verde. De repente, a memória de Rafa vai parar no momento em que chegou em casa numa daquelas tardes, de um daqueles finais de dia em que as nuvens baixas irrigam-se com o sol de manchas vermelhas. Desde o desaparecimento do irmão mais velho, tudo que a casa tinha era silêncio. As animadas conversas, as ruidosas discussões, tudo tinha cessado com a partida do irmão, como se só ele pudesse provocar aquele fuzuê divertido. Lágrimas e animação, tudo tinha caminhado para a quietude monótona, sem nenhuma esperança de que qualquer coisa pudesse reverter aquela situação. Isso, ela se lembra, tinha acontecido nas primeiras semanas depois do Grande Fim, mas o irmão tinha ido embora bem antes. Nenhum demônio perturbara aquela quietude triste que se apossara do lar, a solidão em família só tinha se acentuado quando em contraste ao constante devaneio de dor que se esticava pelas ruas lá fora. Quando entrou em casa, munida de alguma esperança vaga que os tempos não mais permitiam – e que ela não sabia que seria algo manifestado pela última vez entre aquelas paredes –,ousou dar um *boataaarde* esticado, carregado com uma afetuosidade que nunca é muito bem compreendida, exceto quando vista assim, em retrospecto, mas que naquele dia estava lá, abundante. Estranha. Diante do silêncio, ela não estranhou nenhuma diferença, afinal, era o som dominante naquele pequeno reino, então continuou caminhando até chegar à cozinha, onde bastou uma única olhada para perceber que, mais do que tudo que vinha acontecendo no mundo nos últimos tempos, a partir daquele momento, sua vida seria completamente diferente. Numa dessas raras ocasiões em que todos chegam em casa ao mesmo tempo, ela pôde ouvir o irmão e o pai subindo as escadas, um tagarelar de homens que mais se parecia com segredinhos de meninos, embora eles também se agarrassem ao silêncio quando entravam em casa. E foi só enquanto os ouvia e via a velha jarra de cristal da avó, uma jarra em que ninguém tocava e ficava sempre no armário em cima da pia da cozinha, mas que agora estava sobre a mesa, com o bico quebrado e uma grande poça de sangue que se espalhava por dentro e por fora dela, foi só nesse momento que ela percebeu que também estava pisando em sangue. E que um rastro estendia-se dali até o banheiro, gotas muito pequenas, como uma constelação de pintas secas, e outras grandes demais, ainda molhadas. *A morte rubra,* ela pensou. Um pensamento tão forte que não permitiu que gritasse pelo pai e pelo irmão até que chegasse na porta do banheiro, por baixo da qual a poça crescia, e pisasse no caco do bico da jarra da avó. Mesmo com o pé com um caco de vidro, Rafa chutou a porta, deixando ainda mais marcas de sangue. A mãe estava caída com a cabeça apoiada no braço, cortes profundos nos braços e pernas.

– *Tá tudo bem, minha filha* – ela disse. – *Eu vou para onde a dor não importa mais.* – E apontou a cruz que trazia no pescoço para a porta, na direção de Rafa, Malaquias e Ícaro, que chegaram correndo.

Rafa não podia ver um crucifixo depois disso. O que a mãe trazia no pescoço era feito de galhos musguentos e grandes demais até para um cordão improvisado com barbante. Ícaro e Malaquias ficaram paralisados e foi preciso que Rafa avançasse banheiro adentro, tirando a camisa pra poder estancar os cortes da mãe.

– *Pai* – ela gritou. – *Pai!*

– *Hã?* – Malaquias respondeu, abobado de modo que nunca viria a perdoar-se por sua falta de reação.

– *Toalha, rápido.*

– *Não, Rafaela* – sua mãe disse, esforçando-se para colocar a mão no rosto da filha. – *Sua mãe só quer ir embora. Tá tudo bem.*

– *Como assim ir embora, mãe?*

– *Reza comigo, filha.*

– *Pai! Cadê a toalha? Ícaro!*

– ...

– *Ícaro!*

– *Oi?*

– *Vai chamar ajuda. Parado aí não ajuda em nada...*

– *Não, não tá me ouvindo? Só reza comigo vocês e...*

– *Não, mãe.*

– *Pai Nosso que estais nos Céus...*

– *Pai! Ícaro! O que cês tão fazendo?*

– *Santificado seja o Vosso Nome...*

– *Reza comigo, minha filha.*

– *Venha a nós o Vosso Reino...*

– *Vem, Rafa. A mãe tá pedindo.*

– *Seja feita a Vossa Vontade...*

– *Rafa, reza com sua mãe.*

– *Assim na Terra como no Céu.*

E em algum ponto entre *o pão nosso* e *não nos deixeis cair em tentação*, a mãe de Rafa morreu. E todos da família Dédalo meio que morreram também.

Como era comum depois do Grande Fim, pensamentos facilmente vazavam, provocavam desequilíbrios. Não exatamente do tipo dos dramas humanos comuns, porque nunca foi de interesse dos Seres Anciões provocar esse tipo de coisa. Eles preferiam que os pensamentos, sonhos e verdades mais profundas se manifestassem, obrigando as pessoas a absorver tanto de uma só vez que precisariam ficar loucas para lidar com aquilo que descobrissem, como foi o destino do escritor que traduziu o *Neuronomicon* e outros antes dele já que textos prevendo a existência de uma outra realidade, denunciando a invasão iminente desses antípodas escamosos dotados de consciências tão poderosas que mutilam toda noção de realidade predominante até então. A loucura é a única saída, ela é universal e distribuída igualmente entre todos. No passado ela pertencia a uns poucos esquizos, xamãs, feiticeiros e sacerdotes, intelectuais e pequenos grandes espíritos urbanos que falavam pelas bocas de becos e , e o , era difícil perceber o que era realidade e o que era parte de um elaborado sonho criado especificamente para matar, muito provavelmente aos poucos, pois aparentemente é mais divertido dessa forma. Afinal, senso de humor todo mundo tem, até os Seres Anciões.

E é por isso que Malaquias também começou a pensar na esposa falecida. Não nela exatamente, mas na cena dela morrendo, os cacos de vidro... A primeira coisa que ele entreviu naqueles pensamentos que lhe chegavam eram os cacos de vidro refletindo infinitas possibilidades. Eles poderiam ter salvado a mulher se ouvissem Rafa, mas talvez só perdessem aquele momento, aquela chance de salvar-se que, em meio aos gritos e choros dos filhos chorando, ela pediu:

– *mas livrai-nos do Mal.*

E outra coisa que acontece quando sonhos, lembranças e pensamentos invadem os terrenos mentais de outras pessoas é que o tempo passa de outra maneira, e Rafa e Malaquias ficaram surpresos quando perceberam que o céu estava amarelando bem na hora em que escutaram o barulho da porta da cozinha sendo aberta. E, como ensaiado, os dois levantaram-se ao mesmo tempo e olharam na direção da cozinha; a porta aberta, com a silhueta de Ícaro tendo ao fundo a horrenda aurora boreal escorrida daquele céu verde e amarelo enjoativo. E eles nunca terão certeza, mas acham que foi Malaquias quem disse:

– Ícaro, por que é que você tá coberto de sangue?

UMA TORRE PARA CTHULHU

até que não está tão mal

1 O mundo acabou dois anos atrás. O que ficou em seu lugar foi um retrato amarelado em cima de uma escrivaninha, lembranças apodrecendo em mentes apagadas, a consciência de que não existe nada a ser feito depois que umas boas pazadas de terra fazem sombra sobre nossa face pálida e ressecada. Não existem mais canções e toda poesia é castigada em louvores sem sentido para deuses que desafiam a lógica. Como todos aqueles que os precederam.

Azathoth criou o novo céu e sua atmosfera. Yog-Sothoth garante o equilíbrio da passagem do velho mundo para aquele que surgiu depois do Grande Fim. Os Mi-Go garantem que a memória seja preservada em meio à destruição. Shub-niggurath cria novas formas de vida. E Yuggoth cresce e espalha-se através das cores que caem do céu. Enquanto isso, Cthulhu sonha a nova realidade que pouco a pouco passa a ser a única. Predomina a sensação de não se ter para onde ir.

Na pequena Mucarágua, as montanhas e morros escondem amanheceres e pores do sol. Seres Anciões são ouvidos em suas ruas cada vez mais vazias, seus prédios antigos e abandonados. O *Canto Triste da Serra* pia de entrada a entrada e de saída a saída, *LugaraLGuM, lugar algum, lugar algum*.

Depois do Grande Fim, até a energia tornou-se escassa, apenas moinhos de vento são capazes de armazenar alguma e, mesmo assim, a transmissão é uma impossibilidade. A maior parte dos seres humanos adaptou-se aos novos e únicos alimentos que surgiram na esteira do Grande Fim: as poucas árvores que resistiram tornaram-se inférteis. Aos desatentos, pode até parecer que alguns fungos crescendo em uma jabuticabeira pareçam com as flores do fruto, mas enganam-se. Em Mucarágua, por exemplo, a maior parte do que as pessoas comem são folhas, uma espécie de fungo bem semelhante a uma leguminosa, e raízes, tubérculos fúngicos arroxeados que, nas primeiras semanas depois de serem descobertos, mataram aqueles que ousaram ingeri-lo, mas logo adaptaram a própria toxicidade e rapidamente foram adotados como fonte principal de nutrientes para a população.

A diferença entre o mundo de antes e o que se ergueu de suas cinzas está no fato de que antes aqueles que detinham o poder eram enlouquecidos apenas pelo lucro, sedentos pelo sangue de ouro que corta o mundo como Linhas de Ley, mas agora, os anos de bens acumulados mostraram-se inúteis, assim como a loucura, que não é mais ditada pelo lucro puro e simples, mas pelo tanto que são capazes de controlar e modorrar aqueles sob sua tirania. Em outras palavras, a exploração continua.

Tanto Rafa quanto seu pai não trabalhavam apenas pelo bem-estar da sociedade. Mas naquele dia nenhum dos dois foi trabalhar e isso mudava as coisas. Mesmo que minimamente, a balança do poder foi alterada para sempre.

– Quem vai enterrar todo mundo hoje? – Malaquias pergunta-se sério, abrindo um buraco no meio da mata para livrar-se das roupas ensanguentadas com que seu filho mais novo chegou em casa. – Bem, primeiro um problema, depois o outro.

Cadê Juca uma hora dessas? Ele bem que podia fazer uso da tagarelice sapiente dele para tirar a cabeça daquele areal onde estava. Que era... Ah, sim, só agora se dava conta de onde estava: nos fundos do decrépito quartel dos bombeiros. E ali, bem à sua esquerda, um velho de rosto vermelho, barba cheia e olhos marejados, envolto em farrapos, sentado bem no muro do quartel. Aquele homem, é claro, só podia ser Zé do Kallen, o nonagenário meio louco e alcoólatra cujas histórias sobre o passado e as sombras de Mucarágua eram tão horripilantes e incríveis. Não era Juca. Mas devia servir.

Zé do Kallen faz parte da distinta fauna de uma tradição de alcoólicos de Mucarágua. Desde antes do Grande Fim que essa grande Malha de Bebuns espalhava-se geográfica e temporalmente por toda a cidade, de maneira que raramente se encontravam ou dividiam um momento na história local. Onório Gato, Xetêm, Ré Barba, Du Bode, Zé Diniz, Lola, Primo, Mestre Juca, Zé do Kallen e outras entidades, *djinns* do álcool capazes de pequenos milagres, portentos quixotescos da esperança que resistiam ao Grande Fim porque já estavam desconectados do mundo de outrora.

Era arriscado para Malaquias falar com Zé do Kallen? Era mais arriscado falar com ele do que enterrar uma muda de roupas coberta de sangue. Ninguém acreditava em nenhum dos membros da Malha de Bebuns, mas eram Cassandras que escapavam incólumes de toda a loucura. Porque, mesmo desacreditados, eram tratados como profetas. Mães levavam os filhos para serem abençoados, proclamavam julgamentos públicos e imediatos a respeito de pequenas altercações familiares e, principalmente, agiam como monges, pedindo comida de porta em porta. Eram como monges budistas que seguiam os cinco preceitos ao contrário.

– Quando tiver de volta a coisa que cê mais quer é que vai ver que perdeu tudo que tinha e não vai dar mais tempo de nada – Zé do Kallen profetizou.

E Malaquias não acreditou:

– Tá. Vem cá, cê tem um trago aí?

E Zé do Kallen abriu a blusa suja, dura a ponto de ficar em pé sozinha, e tinha uma garrafa amarrada num barbante grosso pendurada debaixo dela. O barbante marcava a pele imunda e rosada, o beubo desatarraxou a tampa e passou a garrafa para Malaquias, que pensou *Que nojo!* e bebeu assim mesmo.

– Você por um acaso não tá sabendo se tem muito enterro hoje, tá?

– Ah, deve. Morreu outro eito de criança essa noite.

Como isso era fofoca e não profecia, Malaquias acreditou em Zé do Kallen.

– Quanto tempo mais você acha que leva pra tudo acabar?

Malaquias puxa conversa com a sutileza de um apocalíptico aguardando que a Revelação aconteça. O que, de fato, ele é.

– O que é que mudou depois do Grande Fim?

E Zé do Kallen responde com a peremptoriedade de um integrado, bem mais sábio do que seus andrajos deixam perceber:

– A gente sempre viveu num mundo com defeito, Malaquias.

– Cumé que cê sabe meu nome?

– O alambique tá apinhado de gente faminta e miserável querendo beber e brigar para esquecer os problemas. É isso o que cê quer?

Malaquias fica ofendido.

– É o que que foi que cê falou aí?

– Cê sabe bem o tipo de problema que a fome traz com ela, num é? Um monte de briga... Um desespero danado só porque fica todo mundo esperando alguma coisa acontecer... Um milagre, um salvador, alguma coisa pra tirar todo mundo da miséria. Mas num acontece nada. E cê sabe por quê? Porque não tá acontecendo nada que já num aconteceu antes.

– Antes do Grande Fim? Você acha que as coisas estão iguais, é isso?

52 O APOCALIPSE AMARELO

– O mundo tá diferente, mas ele sempre mudou. O mundo que a gente cresceu já era bem diferente do mundo que meu pai e minha mãe e seu pai e sua mãe crescero.

– Mas você disse que tudo estava igual.

– Sim, ainda tem um monte de gente lucrando enquanto a maioria rala o couro da bunda pra elas ficarem de papo pro ar.

Malaquias parou para pensar naquilo. Em como tinham lhe tomado o emprego de motorista por algo que ele não cometera, como sua família foi condenada ao ostracismo por toda Mucarágua e como sua própria existência parecia caminhar pelo fio da navalha. Nunca se sentira seguro no mundo, não houve um só minuto de sua existência em que se poderia dizer que foi dono de algo, senhor absoluto da razão. Não, tudo lhe foi tomado por dúvidas, do amor da mulher à paternidade dos filhos. Por mais que trabalhasse e desse tudo de si por onde passou, sempre sentiu como se estivessem lhe fazendo um favor, nunca como se merecesse nada daquilo. Então, pela segunda vez naquele dia, o mundo tinha dado mais que uma volta para ele, que ainda sentia que tudo continuava exatamente no mesmo lugar.

Rafa observa Ícaro dormir. Dormir, vejam só. Uma coisa que ninguém fazia direito tinha quase dois anos. *Ele dorme como uma criança,* ela pensa, tentando tirar o pensamento da palavra *criança*. Fofoca corre mais rápido do que fogo, vento, água e barro morro abaixo e não é de se surpreender que ela já tivesse ouvido falar da nova onda de desaparecimento e provável morte de várias crianças na cidade. Mestre Juca tinha passado lá mais cedo, procurando pelo seu pai, e contou para ela. Eles tiveram uma conversa estranha.

– Você acha que seu irmão vai ficar bem? – Juca disse, os dois cotovelos abertos na janela, sua cabeça inclinada para a frente de uma maneira típica, quase adolescente, dele.

– Eu acho que ele deve acordar daqui a pouco.

– Você quer dizer, abrir os olhos e coisa etal?

– É, isso que é acordar, Juca.

– Não, isso não é acordar.

Rafa suspirou fundo, irritada de ter que lidar com as maluquices de Juca e de estar em casa cuidando do irmão.

– O que é isso, então? – Ela diz, apontando para Ícaro, que se remexe em seu sono, buscando uma posição mais confortável para continuar sua longa soneca.

Juca sorri, coloca os dois braços para fora e para dentro de novo, tomando impulso para subir na janela e sentar-se, olhando para dentro, as pernas balançando bem sobre a mesinha com o abajur que pertencia à mãe de Rafa. O sorriso dele é incômodo, a maior parte dos dentes desaparece atrás do cavanhaque, mas dá para ver claramente que alguns estão faltando e tudo da boca para dentro é escuridão e baba.

– Eu desconfio – ele diz – que essa é a fase do casulo. Seu irmão está se transformando em algo diferente do que ele era antes.

– Você diz... como as vacas na fazenda? – Rafa sentiu um arrepio digno do fim do mundo percorrer seu corpo inteiro.

Juca faz uma careta.

– É... mais ou menos. Eu tava pensando em uma lagarta virando mariposa, mas acho que você captou. De qualquer forma, não acho que ele esteja dormindo, sabe? Talvez se eu disser que ele está hibernando, você vai ficar mais tranquila? Então é isso, Ícaro está hibernando.

– Como é que você pode saber dessas coisas?

– Eu não sei de nada. Só tô fazendo o mesmo que todo mundo, apostando no dia seguinte e torcendo pra esse não dar mais errado do que já deu.

– Isso não faz o menor sentido, Juca.

– Na verdade, faz sim. Mas tem dois anos que nada faz sentido, então eu vou te dar um crédito.

– Não, eu... Cacete, eu tô falando do que você disse sobre o meu irmão. Ele está bem.

– Não, eu acho que não está, não. Mas você pode se iludir, se quiser. É uma das melhores coisas da vida, inclusive.

– O que, se iludir?

– Exatamente. Igual a gente vivendo aqui em Mucarágua como se não tivesse saída e...

– Mas não tem saída mesmo! – Rafa começa a ficar irritada. – Juca, meu pai não tá aqui e meu irmão...

– Seu irmão precisa de ajuda.

– Eu sei, obrigada. Nós vamos resolver isso. Que tal se você passar aqui depois, quando meu pai já tiver voltado?

Juca dá de ombros, morde a língua e faz um movimento para virar-se, quase acertando os pés na janela e caindo de pé do outro lado. Ele parece estranhamente jovem e ágil para alguém cuja dieta resume-se à cachaça de fungos.

– Acho que você está certa. Mas lembre-se disso, da mesma forma como dormir não é o mesmo que fechar os olhos, estar acordado não é o mesmo que os abrir.

– O quê?

Rafa coloca a cabeça para fora, buscando por Juca, mas ele já se foi.

– As coisas estão mais esquisitas do que... – ela começa a dizer, voltando a olhar para Ícaro, que não está mais deitado na cama.

3 Ícaro não consegue disfarçar a irritação quando vê sua pia coberta de louça suja. Mas a irritação logo dá lugar à pena, porque agora ele compreende coisas que seu pai e sua irmã não são capazes sequer de sonhar. Ele conhece o ciclo dos sonhos onde habitam Os Grandes Fracos da Terra e Nyarlathotep guarda os sonhadores profissionais. O conhecimento fora doloroso, mas ele fora capaz de dar aquele primeiro passo e agora se sentia pronto para dar outros, descobrir que caminhos suas pernas engendrariam se lhes fosse permitido o caminhar. Sentia pesando em suas costas os olhos indecisos de lágrimas da irmã, mas a verdade é que não havia nada a ser feito para ajudá-la, cada um deles precisava seguir a própria trajetória, ainda que elas estivessem momentaneamente atreladas.

Rafa, de fato, está com os olhos marejados, mas não tem a ver com o irmão, ou mesmo com a súbita aparição de Mestre Juca mais cedo. Seus lamentos são mais profundos que os laços familiares porque são da ordem do coração. Enquanto o sangue pode conectar pessoas por uma vida, o amor é capaz de conectá-las pela eternidade. Ou era assim que Rafa gostava de pensar quando se sentia abatida e saudosa de Camila, de quem ela nunca falava e em quem não gostava de pensar. Mas como não pensar nela quando Juca chega igual a um Fantasma do Natal Passado, dizendo que é possível mudar as coisas e talvez até sair de Mucarágua...

– Se ao menos eu soubesse onde ela está – Rafa fala para si mesma. – A gente podia fazer as coisas de um jeito diferente agora.

Rafa pensa nos amigos em comum que tinha com Camila. A maioria, incluindo a própria Camila, só aparecia durante as férias. Um deles estava em Mucarágua no dia do Grande Fim e conseguiu fugir antes de a cidade ser cercada pela escuridão. Se não existia mais claro ou escuro na cidade, escuridão era tudo o que tinha nas estradas. Ele pode ter morrido na estrada e Rafa simplesmente não se importa. Assim como não se importa com o único amigo que lhe resta. Nem com sua família. Mas por mais que não goste nada de pensar em Camila, ela pensa. Culpada e sem querer pensar no problema que tinha ali e agora com o irmão, ela se pega pensando em Felipe e na sua sobrinha. Será que ela era uma das crianças mortas de que Juca falara? Pensou em perguntar ao pai quando ele voltasse, mas se lembrou de que o único enterro que Malaquias tinha feito hoje era o das roupas ensanguentadas que Ícaro vestia quando chegou em casa.

Mas apesar de saber sobre o acontecido quando chegou em casa, Malaquias não tinha nenhum detalhe. O que ele trazia eram as mãos sujas de carvão, assim como suas calças. Não ofereceu nenhuma explicação sobre isso, indo logo para onde estava Ícaro.

UMA TORRE PARA CTHULHU **55**

– Você não precisa cozinhar hoje, eu e sua irmã vamos cuidar das coisas.

Ícaro sorriu. Era a segunda vez no dia que Rafa via alguém sorrindo, um acontecimento que normalmente levava meses para repetir-se por aquelas bandas, mas o sorriso do irmão, diferente do de Juca, parecia... contaminado.

– Não, eu já estou acostumado. Além disso, eu gosto de cozinhar pra vocês.

A resposta pareceu satisfatória. Por um segundo, Rafa e Malaquias sentiram que estava tudo como dantes no quartel de Abrantes. Mas a verdade é que essa era uma falsa sensação de segurança, algo normal pelo qual as pessoas passam quando sentem que precisam de algo para não saírem voando por aí, para fingirem que ainda há uma base de normalidade em suas vidas tomadas pelo caos. E assim, enganando-se, os três sentaram para uma última refeição antes que tudo fosse para o ralo.

4 A mesa é como um campo de futebol espetacularmente organizado. A mãe ensinara-os que cada coisa tinha seu lugar, os copos deveriam ficar do lado direito dos pratos e, com exceção da vasilha de salada, a comida deveria ficar em cima do fogão, onde todos se serviriam. Ícaro repetia os ritos maternos com rigor, e mesmo depois de morta, Malaquias continuou obedecendo à esposa, evitando falar de boca cheia, mastigar de boca aberta e, principalmente, pôr os cotovelos na mesa.

O silêncio dominante tinha dado folga e hoje os três membros restantes da família Dédalo entregaram-se a uma troca de murmúrios durante o jantar. Elogios, interrogações, exclamações, reticências, dois pontos e travessões atravessam a mesa de um lado pra o outro. Por um momento, é como se a mãe estivesse de volta.

– *Vocês precisam comer tudo. Repetir igual o pai de vocês faz, que é assim que fica forte.*

O jeito carinhoso que ela tinha de entupir os filhos de comida. Os cuidados com a casa eram os cuidados com eles, nada mais. Mas uma coisa todos sempre souberam, o preferido da mãe era o mais velho. Quando ele finalmente se juntava à mesa para sentar com o restante da família, faltava pouco para ela fazer uma festa para celebrar o momento.

– *Prooonto, agora tá todo mundo aqui e a gente pode comer. Tira a mão, rezar primeiro.*

– *Mas a senhora falou que podia comer.*

– *Fica quieto, menino, senta ali com a Rafaela e dá a mão pro seu irmão.*

– *Oi, oi. Tudo bem com você?*

O irmão mais velho tinha uma rotina de piadinhas internas com Rafa e Ícaro. Quando eram pequenos, eles o adoravam. Depois, conforme foram ficando mais velhos e entraram para o time de Malaquias – que também gostava do filho, mas, ao contrário da mulher, não achava que ele fosse essa Coca-Cola toda –, Rafa e Ícaro diminuíram essa admiração, pouco a pouco substituindo-a por ciúmes. Mesmo assim, Rafa sente falta do irmão e, de alguma forma que ela não consegue entender, sente falta das orações com a mãe também. Malaquias sente-se enjoado a maior parte do tempo, exceto quando está bebendo ou diante do túmulo da esposa. Ícaro murmura uma oração para si mesmo enquanto sente a língua quebradiça estalar dentro da boca. Quando ele finalmente fala, sua irmã e seu pai não sabem dizer com precisão onde estão, nem se o sangue que escorre dos seus lábios é verdadeiro ou apenas uma alucinação.

– Existem cidades gigantescas em Yuggoth, fileiras de torres construídas sobre rochas negras, onde o sol brilha não mais que uma estrela qualquer... porque eles ainda necessitam de luz, entende? Eles têm outros sentidos, mais sutis, então não precisam de janelas em suas casas e templos. A luz chega a machucá-los, porque tal coisa sequer existe no cosmos negro além do espaço e do tempo de onde eles vêm, mas, ainda assim, quando finalmente chegaram aqui, eles perceberam que precisam da luz. Visitar Yuggoth poderia enlouquecer qualquer homem mais fraco... mas eu vou lá.

– *E com que dinheiro você vai, posso saber?* – A mãe de Ícaro responde na alucinação coletiva da vez.

– Pra onde eu vou, não preciso de dinheiro, mãe.

– Na verdade, dinheiro não quer dizer mais nada depois do Grande Fim, mãe – Rafa diz, aceitando bem demais aquilo. – Você tá por fora.

Malaquias ri. Pela primeira vez em anos, ele olha para o rosto do filho mais velho e não tem vontade de bater nele com uma pá – uma vontade a que ele dá vazão todos os dias no cemitério, descontando na terra durante os funerais. A esposa onírica olha para ele, enfezada com seus risos.

– *E você pode parar de mangar dos seus filhos. Porque Jesus me contou que todos os três vão ter um papel muito importante nesse mundo.* – E ela olha para os filhos com todo amor que uma mãe fantasma alucinatória provocada por uma ingestão alimentar pode ter: – *Vocês três vão ser muito mais importantes do que vocês imaginam. E você vai poder estar junto com eles quando descobrirem o que precisam fazer nessa jornada, meu amor.*

Malaquias segura a mentira de uma mão da mulher que amou e nunca soube dizer como. Os olhos pesam com lágrimas que logo pulam o muro das pálpebras e caem em gotas pesadas sobre a mesa, sobre a comida. Rafa não nota, tampouco as quimeras que ela traz nos olhos, está vendo o irmão mais velho levantar-se e ir embora ao mesmo tempo em que o irmão mais novo também se levanta e parece ir embora, os dois levantando-se e tornando-se um contra a luz do fogo que vem lá de fora. A luz do...

– Fogo?

Rafa sacode o pai até que ele se levante. Os dois estão chorando, Malaquias não quer se desligar do transe, mas precisa. Rafa não quer ter de consolar o pai, mas sente que deve. E Ícaro não quer mais ficar naquele mundo. E sente que logo não vai estar mesmo.

Assim, pai e filha unem-se ao irmão mais novo na porta e eles veem:

– Tá tudo pegando fogo. A cidade inteira!

crise de fé

1 O incêndio começou na igreja, uma onda incerta que consumiu banco por banco, da porta até o altar: cada banco um quadro da Paixão, dois rosários e uma Bíblia. As igrejas ficavam vazias a maior parte do tempo, ou então serviam só como depósito. Os sacerdotes de amarelo, também como o fogo, espalharam-se por todos os sistemas de fé e controle de Mucarágua e não precisaram de uma igreja ou da câmara de vereadores para isso. E depois da igreja, a Câmara Municipal também foi lambida pelas chamas. A velha mata do centro da cidade também queimou. Dizem que lá ainda resistiam umas moitas de bambu, sacis escondidos, lutando para preservar o meio ambiente de um planeta dominado por bestas maquiavélicas de outro tempo-espaço. Conforme o incêndio crescia, os poucos moradores com mais de sessenta anos sentiam uma tensão crescente, lembrando-se da vez em que um tonel de leite da cooperativa explodiu bem no centro da cidade, dezenas de pessoas alvejadas por parafusos quentes disparados pelo calor e uma onda de leite fervendo inundando as ruas, afogando cães abandonados e bebuns. Por anos, quem morava perto da cooperativa sentia que aquilo podia acontecer de novo a qualquer momento. Agora, com o incêndio espalhando-se pela cidade, a sensação era a de que logo ele atingiria todas as casas e, com o trem ainda desativado, não restariam muitas opções para que as pessoas conseguissem se proteger dentro de Mucarágua.

Rafa e Malaquias observam o incêndio, mas, mais do que isso, observam a empolgação juvenil de Ícaro diante daquilo tudo. E então os três param incrédulos, ouvindo o forte som de insetos fugindo das chamas.

– Abelhas! – Rafa diz, vendo enquanto elas passam, uma pincelada de interferência de ruído de fundo estático de TV cortando o céu.

– É como uma foto sendo revelada – Ícaro diz, ignorando as abelhas que se refugiam na inutilizada antena parabólica em cima da casa e o fato de que ele é novo demais para saber como fotos eram reveladas antes do Grande Fim.

Malaquias observa os filhos. Ele sente que não precisa se preocupar tanto com Rafa, que ela sabe se virar sozinha, apesar de tudo. Mas Ícaro é tão frágil, é como se ele não pudesse conter a vazão de emoções que o mundo do lado de fora faz brotar... É cruel demais que ele tenha de viver num mundo destruído como esse, principalmente quando começa a ficar tão parecido com o irmão mais velho. Mas, apesar de toda preocupação, Malaquias não diz nada, preferindo o silêncio costumeiro e habitual que já se tornara regra não apenas naquela casa e no mundo, uma consequência direta da maneira como vem vivendo ao longo de toda sua existência. Vivendo e sobrevivendo.

O fogo não alcança a casa dos Dédalo, mas rapidamente lambe telhados de vizinhos, escorrendo ardentemente paredes abaixo e até pelos esgotos, procurando um fio de metano que possa explodir. Não encontra. Os Dédalo não ajudam ninguém. Pelo contrário, eles têm os seus próprios problemas. Mais do que nunca.

Além do fogo, uma infestação de desaparecimentos espalhou-se pela cidade. Crianças desapareceram de seus lares, abduzidas de seus quartos, colchões e caixas de papelão. Das oitocentas e trinta e duas pessoas que restaram morando em Mucarágua, noventa e oito eram crianças, das quais cinquenta e duas tinham desaparecido ao longo daquela noite quente em que o verde do bário e do cobre ascendeu ao céu, aumentando mais ainda o seu verdor.

2 De manhã, a caminho do cemitério, Malaquias escuta os choros de pais e mães em busca de seus filhos. Os que não perderam os filhos, perderam o lar. Ele conhece esse lamento, poderia até se compadecer, mas quando foi a vez de ele ter um filho desaparecido, algum deles estendeu-lhe a mão em solidariedade?

– Eeeei, você! – Juca! Juca foi solidário com ele.

Estava quase chegando ao cemitério quando o viu, sentadinho no muro ao lado do portão, as pernas balançando como uma criança empolgada. Malaquias cumprimentou-o com um típico "Uhm".

– Acho que esse é o seu bom-dia, né? Rapaz, que noite bosta. E eu reclamava quando o ventilador queimava antes do Grande Fim. Quem me dera aquele calor agora.

– O fogo...

– Pegou minha casa todinha. Mas tá tudo bem.

– Você é algum tipo de santo por acaso, Juca?

– Não, não. Nada disso. Meu fígado é a prova do contrário. Mas vou te dizer, o que foi que eu perdi, hein? Quatro paredes e um telhado de amianto? É isso que era a minha casa, cê sabe.

– É...

Juca olha para Malaquias tentando dizer algo, palavras nubladas em uma mente que ele tem dificuldade de colocar em ordem, de dizer efetivamente. Provavelmente são palavras de afeto, algo que se espera de um amigo numa situação assim, em que se perdeu tudo.

– Não, tá tudo bem. Olha ao redor, tem muito mais gente aí que perdeu tudo. – Juca tinha essa capacidade sardônica de te puxar de volta para a realidade, fazendo cada um enxergar como, apesar dos pesares, viver era um fardo para todos, que seja lá o que estava te atormentando naquele momento, se você tirasse os olhos do próprio umbigo, veria que outros também estavam sofrendo. Devia ser um ótimo professor quando conseguia ser entendido pelos alunos para além do bafo de cana. – Na verdade, eu acho que nós já perdemos tudo e ainda estamos insistindo, procurando alguma coisa nossa, um lugar, uma pessoa, um momento que seja pra sentir que é nosso, que as coisas valem a pena... Diz, como estão os garotos?

O alívio que Malaquias sentiu quando Juca começou a falar rapidamente se esvaneceu. Ele não sabia como os filhos estavam. Rafa tinha perdido o trabalho e parecia desmotivada para tentar algo novo. Ícaro encontrou... o quê? Ele não sabia, mas sentia que o garoto estava num caminho semelhante ao do irmão mais velho e temia por isso.

Os dois entraram no cemitério e Juca notou que nenhum outro coveiro tinha ido trabalhar e, pela agitação dos urubus, que isso ocorrera nos últimos dias também. Ele reconheceu o corpo de Zé do Kallen, o primeiro duma longa fila de cadáveres aguardando para serem enterrados. Juca pegou uma pá e fez que ia começar a cavar.

– Não – diz Malaquias. – Cê pode afastá uzurubu se quisé.

E Juca, rindo como uma criança tentando furar o céu com uma vara de bambu, correu pelo cemitério agitando um pedaço de pau, fazendo penas pretas espalharem-se junto com gorfo alado caindo do céu.

Enquanto isso, Malaquias enfiou a pá na terra e começou a cavar a primeira cova do dia. Ele não gostava tanto quando precisava abrir uma gaveta, normalmente isso envolvia ter que tirar um caixão de lá, abrir, tirar o corpo desossado e enfiar os restos mortais em um saco de rafia que a prefeitura tinha comprado aos montes antes do Grande Fim, mas

UMA TORRE PARA CTHULHU 61

que estavam começando a acabar. Depois, ainda precisava quebrar o caixão inteiro e botar fogo. O esforço empregado em cavar uma cova nova era maior, mais demandante, mas menos exigente na quantidade de funções do feito.

Raramente alguém era enterrado em um caixão nos dias de hoje, quase sempre eram enrolados em panos ou colocados em ataúdes improvisados, mas Zé do Kallen tinha um. Tanto Malaquias quanto Juca não tinham noção de como ele guardara o caixão por tanto tempo e, principalmente, quem tinha levado o corpo para o cemitério. E apesar de ser o responsável direto pela morte de Zé do Kallen, Malaquias levaria aquele segredo para o túmulo e só falaria disso no futuro, com criaturas não humanas. Os dois descem o caixão para os sete palmos de terra que lhe cabem, sabendo que a terra não lhe será leve, e, sem saber se devem rezar ou não, começaram a cavar outra cova.

Foi quando os sacerdotes de amarelo chegaram, uma miríade de gente em fila atrás deles. Eles começam sua cantoria:

– *Que a brisa úmida do lago de Hali atinja suas faces...*

E Malaquias continuou cavando enquanto pais desesperados chegavam ao cemitério em busca de notícias de suas crianças desaparecidas.

3 Aparentemente, cada membro da família Dédalo observava as mudanças da cidade de um ângulo diferente.

Enquanto Malaquias enterrava seus mortos e Ícaro, sentado diante da porta da cozinha, observava a cidade em cinzas com seus eventuais focos de incêndio ainda vivos, Rafa resolveu caminhar pelas ruas. As barras da calça sujavam-se de cinza enquanto ela passava por ruas que já lhe foram bem conhecidas e queridas e agora não passam de arremedos, simulacros queimados que podem vir abaixo com um sopro.

Andar a esmo pelas ruas de Mucarágua sempre foi uma atividade que exigia algum esforço, porque a cidade é tão pequena que rapidamente se chegava ao mesmo ponto de onde saiu. E o fato de todos conhecerem uns aos outros também não ajuda muito. É impossível ficar sozinha em um lugar onde todos te conhecem, você simplesmente perde o direito à sua própria subjetividade, aquilo que te faz única. Não bastava viver em um mundo onde as pessoas diziam como se vestir, se portar, quem deve amar? Também tinha que viver em um mundo onde todos conhecem todos os seus segredos?

– Menos um... – Rafa diz para si mesma, agora se aproximando da casa de Camila. Ou onde costumava ser sua casa. Ela tem evitado vir aqui desde que a outra fora embora, praticamente arrastada da cidade pelos pais, mas alguns dias depois do Grande Fim, antes da mãe morrer,

62 **O APOCALIPSE AMARELO**

Rafa tomou coragem e foi lá. Quebrou um vidro da porta de trás e entrou pela cozinha, indo com calma de um cômodo para o outro até chegar no quarto da amada.

O quarto guardava o segredo mais bem guardado de Rafa Dédalo. Ali, entre pôsteres do *BTS* já corroídos pelo tempo, mas ainda imaculadamente colados à parede, ela encontra o coração que as duas riscaram com uma chave de fenda do pai de Camila. Dentro dele, tremulamente, duas letras flutuam atravessadas por uma flecha: R & C. Rafa passou o dedo sobre o reboco machucado. Sozinha, agarrada aos segredos de seu coração, Rafa chorou, torcendo para que não ficasse com os olhos inchados.

Ao seu redor, a cidade queimava. Cinzas por dentro e por fora. A única lembrança que tinha de Camila dissolveu-se, engolida pelas chamas. A casa agora é um esqueleto de cinzas.

4 Em Mucarágua, mesmo quando dois terços da cidade acabavam de passar pelo trauma de serem incendiados, não era muito esperto ficar parado na porta de alguma casa, estivesse ela vazia ou não. Por isso, Rafa deixou para cuidar da sua dor escondida em um canto da rua, sentada atrás de um padrão de luz, de costas para rua e para a casa, de bobeira no muro de um antigo galpão abandonado de uma escola de samba, para a qual a mãe costurara várias fantasias no passado e que milagrosamente tinha sobrevivido ao fogo, mas não aos saques durante o Grande Fim. Quando Rafa finalmente levantou-se para sair, escutou atentamente o que acontecia ao redor.

É preciso ter certeza de que se está sozinha.

Porque nunca se está.

Mal pôs o pé para fora do esconderijo, uma carroça virou a esquina. O vento em Mucarágua grita tanto que ela ainda não tinha se dado conta de que os gritos que vinha ouvindo desde que chegara diante da casa não estavam em sua cabeça, mas vinham da carroça que já se anunciava há centenas de metros dali. Sendo puxada por dois besourões que Rafa logo percebeu tratarem-se de maltratados bezerros de que ela cuidava até o dia de ontem. Como puderam ficar tão machucados em tão pouco tempo? Ela sabia a resposta, estava ao alcance de um reflexo, tão próximo quanto a carroça, que vinha vindo e arrastando gritos em uma nuvem de poeira. Ela custou a entender que era o padre da cidade que estava amarrado à parelha, sendo arrastado entre os besouros, machucado e com a batina em farrapos.

– Eu jurava que ele tava morto...

Rafa pega-se dizendo para si mesma, ignorando que, seguindo a poeira da carroça, três sacerdotes de amarelo e duas dúzias de moradores aproximam-se, entoando sua cantilena:

UMA TORRE PARA CTHULHU 63

– Cidades, estados e nações estão prontos para erguer-se e tremer diante da Máscara Pálida. É chegado o momento e as pessoas conhecerão o filho de Hastur, e o mundo inteiro se curvará às estrelas negras penduradas no céu de Carcosa.

No meio dos crentes, Rafa localizou seu amigo Felipe e a esposa. Abraçados, os dois choravam às pampas, de forma que Rafa se vê perdida num "fica num fica" – se parada ali ou se vai até eles? Menos para perguntar o que aconteceu e mais para dar os pêsames, pois já sabe bem o que houve e sabe também como é que eles podem estar. Quando o irmão mais velho fugiu de Mucarágua depois de ter matado cinco coveiros, Rafa e sua família conheceram de perto a dor de se perder alguém de forma tão violenta. Não a dor da partida do primogênito de seus pais, mas a força e a violência dos parentes das vítimas. Era melhor ficar longe de Felipe se não quisesse ficar como o padre. Ou o irmão.

– Meu Deus... meu irmão! – Rafa diz, pensando no outro irmão, Ícaro, de quem ela deveria ter ficado tomando conta enquanto o pai ia trabalhar, mas acabou deixando-o sozinho porque precisava pensar... nem que fosse um pouco... em si mesma.

Ela esperou até que a procissão de linchamento passasse e então começou a correr na direção contrária, rumo à própria casa. Quando está passando em frente à entrada da antiga igreja, que ficava na frente do cemitério novo, onde seu pai trabalhava, viu o próprio, acompanhado de Juca, descendo uma pequena ribanceira que é usada como atalho. Exceto pelas pessoas que vão para o cemitério dentro de um caixão, é claro.

– Pensei que cê ia ficar em casa – Malaquias lhe disse, seco como o tempo.

– Eu precisava dar uma volta, descobrir o que tinha acontecido...

– A cidade pegou fogo, é isso que aconteceu. E você deixou seu irmão sozinho.

– A gente deixa ele sozinho todo dia, pai.

– Vocês tão ouvindo...? – Juca disse, tentando aliviar o clima pesado. – Alguém gritando, sei lá.

– Ah – Rafa responde –, é o padre.

– Eu pensei que ele tinha morrido – diz Juca.

– Bem – Rafa olhou na direção da nuvem de poeira levantada pela carroça –, acho que agora ele já deve ter batido a caçoleta.

Juca nem esperou ela terminar de falar e já saiu em disparada. Na roça, a fofoca é um traço genético, correr atrás dela é parte dessa herança.

– A gente se fala depois, Malaca! – ele gritou. – Fala pro Ícaro que mandei um abraço.

Malaquias acenou para o amigo e voltou a caminhar, quieto, ao lado da filha, que puxou assunto:

– Por que você acha que fizeram isso com o padre?

– Hum. – Malaquias disse, matutando antes de continuar. – Deve ter a ver com as crianças que sumiram. Se ele tava escondido e encontraram, devem pensar que ele que tava matando elas.

– Um padre voltando dos mortos não era pra ser um tipo de milagre ou algo assim?

– Ninguém acredita mais em milagre, Rafa.

– Não sei, não, pai. Se ninguém acredita em nada, de que é que vale continuar aqui?

– Agora cê tá falando igual o Juca.

– Não acredito que ele foi ver o que estão fazendo com o padre.

– Antes disso, ele tava espantando urubus no cemitério comigo. Não tem muita coisa pra se fazer em Mucarágua.

– Ah, mas mesmo assim...

Rafa parou enquanto Malaquias continuou andando.

– Mas mesmo assim...?

– Olha – ela disse, apontando para a estrada diante deles. Um campo de dormideiras floridas, um roxo como há muito eles não viam tingindo o chão de pontos sensíveis.

Malaquias abaixou-se e tocou as folhas de uma, que rapidamente se retesaram, escondidas em si mesmas.

– Caramba, eu nem imaginava que isso ainda existisse.

– Você tá pisando tudo.

Ele olhou para baixo e percebeu que os pés pisavam em flores e alguns galhos devidamente apagados. *Dorme, dormideira, dorme,* Malaquias cantarolou em sua mente.

– Mas isso tava aqui antes?

Não, não estava. Mas Rafa não se importava, ela ficou feliz porque podia contar uma novidade para o irmão. Ele ficaria chocado ao ver aquelas plantas, provável que dissesse o mesmo que o pai, que não estavam ali antes, mas era um milagre, não é? Uma espécie que sobreviveu depois do Grande Fim, igual a eles. Mas mais bonita.

Então, Rafa começou a dar a volta nas não-me-toques, apenas para deparar-se com um pequeno campo de trevos de quatro folhas. Malaquias ainda estava tocando as *Mimosas pudicas* para ver suas folhinhas juntando-se quando Rafa puxou-o pela camisa.

– Vem!

Os dois levantaram-se, chocados com a vegetação natural e o velho mundo dando o ar da graça ali diante deles. Tanto que nem pensaram em tirar uma flor, um trevo, nada. Só correram para casa para avisar Ícaro do pequeno e inesperado milagre com o qual se depararam. Os passos apressados quase transformados em corrida tinham sua razão de ser: pai e filha sabiam que tinha alguma coisa de errado, a

UMA TORRE PARA CTHULHU 65

maneira com que os corações batiam, o ar entrava e saía de suas narinas, tudo estava impregnado de uma sensação gelada, eles sabiam sem saber e, quando chegaram em casa e finalmente o conhecimento alcançou-os, cada fibra deles já estava preparada para a resposta: Ícaro desaparecera.

o trabalho que merece

1 Conhecimento não é uma opção. A maior parte das pessoas simplesmente não entendeu o que aconteceu naquela terceira quinta-feira de junho de um ano bissexto quando partes do céu começaram a cair como um globo de neve aos pedaços. Obviamente não era o caso, mas o que houve é que, para a maior parte das pessoas, a invasão subtônica ocorrida só foi possível de fazer sentido assim, absurda no campo da miniaturização: melhor pensar que estamos vivendo em um universo em miniatura de deuses excêntricos e aficionados com seus colecionáveis do que aceitar que a própria realidade está indo para o buraco. Como se uma coisa excluísse a outra...

Quando Rafa para pensar em como aqueles dias não foram tão aterradores para sua família quanto para o resto do mundo, ela se lembra de um santinho que encontrara nas coisas do irmão mais velho um pouco depois dele ir embora. Estava dobrado, como se tivesse sido lido e guardado no bolso da calça muitas vezes.

Na parte da frente do santinho, havia uma imagem de São Columba encontrando-se com Nessie, o monstro do lago Ness. Estava tão amassado e detonado pela umidade e repetidas lavagens que Rafa não percebeu que era um folheto com mais uma dobra a ser desfeita. Lá dentro era possível ler a história da Ordem do Adro do Dragão, uma desconhecida fraternidade eclesiástica renegada que acreditava que a própria Criação cristã não passava de alegoria para algo muito maior. O folheto estabelecia várias passagens da Bíblia como provas incontestáveis da presença dos Seres Anciões no mundo, desde a abertura do Mar Vermelho até o próprio Apocalipse, que quando finalmente aconteceu foi bem diferente de como o livro de São João dizia que seria. Na parte de trás, podia-se ler o seguinte, com uma tipografia meio gótica:

> **Provérbios de São Tomás de Aquinchão aos paranoicos**
> *1- Pode ser que você nunca chegue no Mestre, mas vai sentir suas criaturas respirando no seu cangote.*
> *2- A inocência das criaturas é inversamente proporcional à imoralidade do Mestre.*
> *3- Enquanto o convencem a fazer as perguntas erradas, não terão que se preocupar com as respostas.*
> *4- Você se esconde, eles procuram.*
> *5- Paranoicos não são paranoicos porque são paranoicos, mas porque sempre se colocam, burros duma figa, deliberadamente em situações paranoicas.*
> *6- Os paranoicos são os únicos que fazem alguma ideia do que realmente está acontecendo.*

Assim mesmo, aquela interpretação das coisas fez bastante sucesso entre os mais fervorosos nos anos que precederam o Grande Fim. Embora sonhar com o Rei de Amarelo hoje seja algo comum, antes eram apenas os seguidores da Ordem do Adro do Dragão que tinham essa honra. E antes deles, apenas os leitores do *Neuronomicon*, que, nos últimos anos antes do Grande Fim, acabou sendo republicado, alcançando enorme sucesso entre jovens, acadêmicos e até programas religiosos que ocupavam o horário nobre com a sua difusão de violência balizada pela fé. Logo estava difundida a ideia de que as estrelas encontrariam o alinhamento correto que permitiria que os Seres Anciões voltassem à Terra.

Quando finalmente aconteceu, qualquer um que assistisse à TV demais, usasse a internet ou simplesmente tivesse encontrado o livro certo na biblioteca, como tinha acontecido com o irmão mais velho de Rafa, rapidamente se deu conta de que estava presenciando o fim de todas as coisas que entendiam como normais e que aquele era o começo de um estranho mundo novo. Velhas lendas sucumbiram diante da violência inaudita com que as novas apoderaram-se do imaginário. E logo mesmo as mais inabaláveis das instituições também cederam diante dos Seres Anciões e suas criaturas. O mundo enfrentou doenças nunca antes vistas e, em menos de dois anos, os que sobreviveram aprenderam a adaptar suas vidas.

Mas elas voltaram. Cada pessoa, ao menos as que sobreviveram aos primeiros impactos do Grande Fim, conseguiu passar por aquele momento e aprendeu a viver no mundo que surgiu das cinzas daquele. Na verdade, eles até que se adaptaram bem à miséria coletiva que chegou com aquele novo mundo – inclusive, os sacerdotes de amarelo diziam em suas orações que, na verdade, aquela era a riqueza definitiva.

Claro que se esqueciam de falar também que, como antes do Grande Fim, algumas famílias se davam bem explorando o trabalho dos outros. Quando os Mi-Go e outras formas de vida inteligente chegaram ao planeta, logo tomaram conta das áreas de informação – ironicamente, não foi a internet ou os sinais de rádio e TV que eles derrubaram primeiro, mas as estradas. Para as diferentes raças que compõem esse panteão perverso, a comunicação mais real e sincera só pode estar no movimento. E na falta dele.

Estradas, ruas e rios compunham o itinerário de múltiplas gerações sanguíneas que forneciam toda informação sobre meios de desenvolvimento, transporte e evolução da espécie mais perigosa do planeta Terra, os seres humanos. Enquanto boa parte das espécies do planeta permaneciam isoladas em pequenas áreas até a possibilidade da extinção, os seres humanos, baratas e ratos multiplicavam-se, consumindo muito e gerando pouco.

A única universidade restante no planeta teria um grupo de estudos sobre o sobrenatural que chegaria à conclusão de que as únicas espécies sobreviventes seriam as parasíticas, de rapina e vírus. Onde o ser humano se encaixa?

De toda forma, uma vez que a alimentação deixou de ser um problema e, como os porcos, a humanidade só precisou adaptar-se comendo o que tinha pela frente, das novas espécies vegetais às animais, tudo entrou no cardápio. Porque, se não entrasse, seria o fim além do Grande Fim. Rafa não poderia te falar sobre nada ocorrido no dia do Grande Fim, mas certamente poderia perder alguns bons minutos descrevendo a primeira vez que teve que comer mofo com os pais e o irmão mais novo para não morrerem de fome.

Indo mais além, ela também poderia falar sobre como era estranho que as mesmas famílias que tinham dinheiro e praticamente mandavam na cidade continuaram mandando em Mucarágua depois que dinheiro e posses deixaram de ser noções tangíveis do que formava a realidade. Isolada, a cidade continuava existindo da mesma maneira que antes.

Mas enquanto o pai seguia firme em sua função de enterrar pessoas, Rafa tinha sido demitida. Não tinha mais nenhuma obrigação de manter as coisas como elas eram. Principalmente agora, dois dias depois do desaparecimento do irmão, ao ver que, sem sequer tentar dormir, o pai só fazia aguardar por Ícaro na porta. Ela não viu Malaquias fazer isso quando o irmão mais velho desapareceu, também não o viu prestar um luto tão demorado pela mãe, que ele mesmo enterrou, mas

UMA TORRE PARA CTHULHU 69

vê agora ele temer pelo filho como se fosse a única coisa que lhe restasse.

Em um mundo normal, Rafa poderia sentir ciúmes daquela demonstração súbita e contida de afeto que o pai esforçava-se para não exibir. Afinal, ela ainda estava ali, ainda estava segurando as pontas, como vinha fazendo há quase dois anos, desde a morte da mãe. Mas aquele não era um mundo normal e ela só sentia alívio ao ver que o pai ainda era capaz de sentir algo, fosse lá de que forma ele fizesse isso.

Entre o pai, que não conseguia dormir, e ela, que não conseguia ficar sem fazer nada, a casa estava que era pura tensão. Juca apareceu por uns dois dias seguidos, sempre com alguma fofoca. Fora ele, por exemplo, que explicara que o padre realmente tinha morrido acusado de ser o responsável pelo desaparecimento das crianças.

2 Numa manhã, quando quase uma semana tinha se passado desde que o irmão desaparecera e o número de crianças mortas ou desaparecidas tinha subido para quase cinco por dia, Rafa viu o pai ser, pouco a pouco, iluminado de amarelo na varanda de casa. Como não aguentava mais ver aquilo e comer ovo de anu, resolveu sair. Juca também não aparecia há um tempo e, por incrível que pareça, ela estava começando a sentir falta de conversar com outras pessoas.

Nem tentou comunicar a Malaquias que estava saindo, só levantou e foi. Enquanto caminhava, percebeu que tinha se esquecido completamente do campo de *drumideiras*. Começou a procurar o trecho específico da estrada, mas era quase como se não existisse mais. Então escutou a zoeira das abelhas e olhou ribanceira acima na direção de casa e elas continuavam adornando a velha parabólica. Será que as coisas estavam começando a voltar ao normal?

– Eu acho bem difícil – Rafa disse para si mesma enquanto continuava a descer, movida pelas pernas, tentando lutar contra a gravidade, pois sabia que, se continuasse descendo assim, ia perder a curva na trilha e acabar indo parar na rua.

Ela nem sabe quando começou a correr, o tempo estava passando diferente, como se fossem linhas em uma página. Talvez ela estivesse em uma linha de baixo, tentando entender ainda o que aconteceu na de cima enquanto continuava sendo arrastada para baixo, com a trama desenrolando-se sem desacelerar. Então, Rafa viu uma árvore e, tropeçando nos próprios pés, conseguiu segurar-se, abraçando seu tronco e arranhando o cotovelo enquanto batia o joelho no processo.

– Essa foi por pouco – disse ela, mancando em direção à fazenda.

Rafa não sabia muito bem o que estava indo fazer lá. Se lhe perguntassem, diria que não tinha nada para fazer na fazenda e que só queria matar saudade do lugar em que trabalhava. Mas ninguém mais fazia perguntas e ela sabia muito bem disso. Viu uma roda de urubus fechando-se no céu, na altura do campo de futebol – que ela sabia que agora tinha virado um tipo de crematório não oficial. Lá eram queimados não apenas livros, mas também documentos e quaisquer outras evidências do mundo antes do Grande Fim, como brinquedos, álbuns e até pessoas.

Era uma solução conhecida, adotada por muitos, desde cobradores até crentes antigos – que quando não largavam seus filhos para a morte com os urubus da escola, mantinham-nos ocupados circulando a grande fogueira sem fim onde as crianças eram jogadas vivas. Lá ficava um sujeito forte que nem um touro, com um coração de ouro e um juízo reduzido ao fígado destruído pela cachaça; todos que chegavam ao portão do campincinerador tinham que entregar a pessoa que queriam queimar para ele, viva. Esse sujeito forte que nem um touro, chamado Primo, agarraria a pessoa, independentemente do tamanho e da força dela, com toda a força que duas mãos conseguem ter nesse mundo. Sem muitos rodeios, com a pessoa chutando e sacudindo e quebrando-se inteira, Primo a carregaria para dentro do campo e jogaria bem no meio da fogueira. Bem, não tanto no meio, mas ele jogava uma distância boa, para a pessoa conseguir recuperar-se do susto e levantar. Isso se conseguisse levantar, claro. Mas caso conseguisse e a fumaça e as queimaduras de segundo e terceiro grau não a matassem, então ela teria o direito de sair dali correndo e... provavelmente morrer caída com a fuça no chão de terra rachada e infértil para todo o sempre.

Como o mundo tinha ficado assim em apenas dois anos?

Não se ignora o fato de que a humanidade sempre teve dificuldade para construir e preservar-se em seus avanços, mas com frequência é bem-sucedida em pôr abaixo tais conquistas em prol de mais controle e força.

Atravessada por uma consciência que não era totalmente sua, sentindo como se andasse porque milhares andaram antes dela, Rafa seguiu rumo à fazenda, viu que a porteira estava aberta e que um número ainda maior de gente – maior do que o de antigos trabalhadores – estava no portão agora. São pedintes em sua maioria – alguns deles, como Rafa, são ex-funcionários desesperados. Mas ela não tinha ido ali com a intenção de pedir comida nem nada do tipo.

Rafaela Dédalo resolveu tocar o foda-se e planejou pular o muro, chegar ao curral e roubar um bezerro, que ela levaria para casa, mataria e faria o churrasco mais horripilantemente nojento de que já se teve notícias em Mucarágua. É isso que ela foi fazer. Ia. Porque, nesse momento, a porteira abriu-se e saiu uma carroça (a mesma que vira arrastando o padre, ela notou pelas marcas de sangue) cercada por sacerdotes de amarelo e carregando o que parecia ser... um monte de verdura?

A pequena multidão que se aglomerava na frente da porteira estava faminta, mas se contiveram quando deram de cara com os sacerdotes de amarelo. Mas agora era demais, estavam esfregando na cara deles que tinham comida e não iam dividir. Que podiam fazer o que quisessem. Só que não seria mais assim, não é? Porque se o mundo acabou, então devia ser porque alguma coisa nova vai surgir disso.

E é por isso que eles avançaram contra a carroça, derrubando monges assustados e mudos *cadê seu Lloigor agora filha da puta* e assustando os bezeourros que saíram em disparada enquanto alguns conseguiram pular dentro da carroça. E o povo faminto começou a avançar contra a segunda carroça que também vinha vindo pelo portão. Eles estavam ali pela carne, mas também ficavam satisfeitos com a verdura *Alho-poró viado olha só* avançando e já empurrando para trás outros sacerdotes amarelos e entrando fazenda adentro, rumo à terceira carroça, o carreiro a todo custo tentando colocá-la para trás e vendo os bichos assustados e imóveis.

E Rafa observava o descontrole, nada preocupada, até um pouco fascinada, quando viu, surgindo do meio daquela gente toda brigando por um repolho roxo, Azizim, o filho do doutor Aziz. Ele era loiro, alto e parecido com um vilão de filme de boxe a que o irmão mais velho assistia sem parar. Ninguém parecia notar nem ele, nem o pano pendurado que trazia nas costas até que ele se levantou e deu um tirombaço com uma escopeta punheteira na direção da turba, acertando bem na canela de um, ricocheteando no pé esquerdo de outra mulher e duas bilhas, uma bem na barriga de um sujeito que estava abraçado com uma garrafa, que estourou e caqueou para todo lado, e um segundo, terceiro, quarto e quinto que tiveram efeitos semelhantes, ferindo entre quinze e dezoito pessoas, quase um feito para se orgulhar se não fosse desperdício de munição, uma coisa que todos achavam que estava em falta e que só no primeiro tiro já teria surtido o efeito necessário, pois convenhamos: quem tem bala, deve de ter pouca, e quem tem pouca não dá nem tiro de advertência, nem fica mostrando a arma assim. E o instinto de Rafa – e mais ou menos o de todo mundo – apontou para a ideia de que se Azizim estava saindo assim, botando a arma em riste como quem não tem medo de ficar no meio de um monte de gente sem nada a perder, devia estar sendo guardado do alto por outra pessoa tão ou mais montada nos armamentos que ele, né não? Depois de ter trabalhado para a família por tanto tempo, Rafa bem sabe que Azizim só deixaria a própria segurança nas mãos da irmã, Celeste, que ela conheceu bem o bastante para saber que, se fosse ela ali no lugar de Azizim, era bem capaz de que aquela gente toda já estivesse morta.

Então. Rafa ficou só esperando e todo mundo também. Nesse meio tempo, o círculo de urubus ficou mais grosso e mudou de lugar, caindo rápido na direção do sangue e da carne que recebeu aqueles balaços um pouco antes. Os bichos chegavam catando feridos e mortos, bicando os corpos com força e arrastando para o céu, onde brigavam pelos pedaços que caíam para todo lado, sem nunca atingir o chão, pois um dos urubus sempre pegava antes, mas não sem que a multidão ficasse gotejada de sangue.

E foi no meio dessa confusão que Rafa pulou para dentro da fazenda e partiu em disparada na direção do curral.

3 – Eu te contei que vimos um campo de dormideiras?
– *Mentira. Onde?*
– É sério, foi a Rafaela quem viu, me segurou para não pisar em cima e tudo. Você sabe como eu sou distraído.
– *Ô, se sei.*

Tão distraído Malaquias era que nem se deu conta de que o dia já esverdeava e ele ainda não tinha levantado do lugar. Logo depois que ouviu a filha sair de fininho, entrou no quarto de Ícaro e começou a procurar por pistas de onde ele poderia estar. Afinal, o mundo não é mais o mesmo, mas os pais são.

Claro que ele não encontrou nada nas coisas do filho, ao menos nada que indicasse onde ele estaria. E mesmo o que encontrou, graças a sua miopia paterna, não foi capaz de ajudar a elucidar o paradeiro de Ícaro. Mas ele encontrou um resto do mofo que Rafa havia levado alguns dias antes para compartilhar com o irmão e, mesmo se sentindo enojado com a ideia, Malaquias experimentou da coisa.

A princípio, não mais que uma lasquinha, uma cena de desenho animado em que ele praticamente raspou o mofo com os dentes para conseguir um pedaço e, depois de um tempo, como não batia, ele resolveu por bem mandar tudo para dentro. Levou um tempo mastigando a coisa, agarrava nos dentes, escorregando na língua, até que não aguentou mais o amargor e engoliu.

– Que nojo.

Não foi nenhuma surpresa quando a esposa lhe respondeu:

– *A aparência já não tava boa, então você sabia bem o que tava fazendo.*

Aquilo poderia assustar outras pessoas, mas ele já falava com a mulher praticamente todos os dias e até a ouvia em sua cabeça também. O fato de que ela agora estivesse ali com ele era só um detalhe. Um detalhe estranho e pouco natural, mas um detalhe.

– Eu queria te ver.

– *Não, você precisava me ver. Ainda não conseguiu dizer adeus, não é?*

UMA TORRE PARA CTHULHU

Malaquias esconde a cara de choro. Ele sempre teve dificuldade com as próprias lágrimas, podia secar as da esposa, acolhê-la nos braços e dizer que estava tudo bem. Com os filhos ele também ficava incerto do que fazer, mas nunca mandou que nenhum deles engolisse o choro como o pai fizera com ele, não, isso Malaquias nunca fez.

– *Está tudo bem, você não precisa dizer. Eu sei.*

A maneira como ela pontua as frases agora, dando ênfase a certas palavras, não é a mesma com que falava as coisas em vida. Parece mais sábia, mais consciente do fato de que era mais inteligente do que o marido.

– Eu sinto sua falta.

– *Mas você fala comigo todos os dias, meu bem. Você deve sentir falta das pessoas que estão vivas. É impossível sentir saudades de alguém que morreu porque nós estamos sempre aqui.*

Ele considera por um segundo o quão cruéis são aquelas palavras... ou se elas são acalentadoras, na verdade.

– Isso significa...

– *Isso significa que ainda há tempo de mudar as coisas.*

– Não para Perdiz – finalmente, depois de mais de dois anos, Malaquias diz em voz alta o nome do filho mais velho.

– *Por quê? Você vai encontrá-lo um dia.* – Agora ela o toca, a mão segura seu queixo com a barba por fazer exatamente como ela fazia quando eram jovens e queria atraí-lo para a cama. Antes de terem filhos. Ele sente um movimento de vida entre as pernas e a espectral esposa ri, sabendo que chamou sua atenção fosse lá como fosse. – *Mas, antes disso, você precisa se concentrar, meu bem. Entender que eu parti e que há uma parte de mim que ainda precisa de você.*

Rediviva, ela entra na casa de onde saíra pela última vez sem dar um único suspiro. Continua sem respirar agora, mas parece mais jovem, mais viva do que estava em seus últimos anos. E Malaquias acompanha-a. Ela entra no quarto e ele sente uma vibração como há muito não sentia, ainda que fique um pouco envergonhado com a ideia de deitar-se com uma fantasma. Mesmo que seja o fantasma do amor da sua vida.

Ela se deita na cama, nada sedutora, apenas deitando-se, como quem vai dormir. Ocupando o seu lado da cama, Malaquias faz o mesmo. Acha que é a primeira vez em meses que tem coragem de deitar-se, mas não diz nada, apenas se deita, esquecendo até de tirar os chinelos, o que provavelmente a deixaria fula da vida se ainda tivesse uma vida para ficar fula.

Então, ele percebe o que ela está fazendo, deitando-se com as mãos sobre os peitos, olhando para ele sem olhar, dizendo-lhe sem dizer para que ele faça como ela. E Malaquias faz, ele se deita o mais esticado que pode, com as mãos cruzadas e espalmadas sobre o peito, na exata posição em que vê corpos sem vida todos os dias em seus caixões.

E é onde ele está agora. A esposa desapareceu, assim como todo resto, e Malaquias observa sobre ele a tampa do caixão descendo, os parafusos sendo apertados, o silêncio críptico e insincero das pessoas de luto do lado de fora. Nesse momento, os seus anos como coveiro o ensinaram, é natural que as pessoas fiquem em silêncio, tremendo em si mesmas conforme lacrimejam a ausência já sentida daqueles que se vão. As lágrimas escorridas quando o caixão é fechado são as mais honestas que qualquer um pode derramar. A falsidade está no silêncio, na solenidade com que isso é feito. Se antes, por experiência própria, ele achava que isso era doloroso, difícil, agora sabe, na posição do morto, que é indesejado também. Queremos ouvir uma última vez o quanto somos amados, que batam com os punhos sobre o caixão implorando por um milagre, que não seja verdade, que voltem à vida... Ele gostaria disso. Ao invés disso, tem uma percepção futuróloga na qual descobre que sequer será enterrado em um cemitério, que a terra não lhe será leve e que o caixão improvisado não aguentará por muito tempo, com as raízes e a terra entrando sem muito esforço e, com elas, tudo de vivo que a terra traz e que pode dar conta de um cadáver.

Há algo além disso, uma sensação de dever cumprido que o tempo adiantado pelo mofo alucinógeno não é capaz de lhe dizer exatamente qual é, mas Malaquias está em paz. Pelo menos por um tempo, porque logo ele não está mais enterrado. A mulher desapareceu, assim como o peso da terra sobre o caixão e o próprio caixão.

A única terra que Malaquias via agora estava asfaltada. Ele estava de pé sobre um pequeno monte, um morrinho pouco mais baixo do que aquele em que vive, e ao seu lado está o filho mais velho.

– Perdiz! – ele gritou, sem que o homem que um dia carregou no colo, como se não pesasse nada, percebesse o que se passava. O filho mais velho observava o céu esverdeado, seu rosto mais parecido com o do pai do que nunca.

– *Isso vai acabar aqui e agora.*

As palavras de Perdiz referiam-se a que exatamente? Malaquias não descobriu, pois foi logo arrastado dali, o céu esverdeado do fim da tarde dando lugar ao breu total, e ele escutou uma respiração que, sabia, só podia ser do próprio filho. Mas não era mais Perdiz, sua visão o tinha levado do filho mais velho para o mais novo.

Ícaro estava em algum lugar escuro, uma oração solta nos lábios, como se ele estivesse tão drogado quanto o pai, morto como a mãe e perdido como os irmãos.

– Mas ele está vivo – Malaquias disse para si mesmo, tentando entender aquela escuridão que cercava e acolhia o filho. Acolhia, porque agora ele ouvia a oração que Ícaro estava entoando e não era nenhuma das que ele costumava rezar com a esposa quando ela estava viva, mas uma das que ele escutava todos os dias os sacerdotes amarelos vermeando pelo cemitério. Poemas estranhos sobre mundos distantes e dispostos a invadir o nosso.

4 Por fim, ele foi arrancado desse momento e transportado – na verdade quase disparado – em direção a outro, quando ele viu Rafa correndo como se não houvesse amanhã. Ao redor da filha, Malaquias notou diversas pessoas correndo, brigando entre si. É uma imagem diferente da dos outros filhos e até da mulher sendo consumida pela terra e pelo tempo, porque aqui o pai via a filha vivendo e correndo para sustentar a própria jornada, um passo de cada vez, querendo descobrir a verdade, ao contrário do que acontecia com Ícaro e Perdiz, os filhos que ele nunca conseguiu entender. Por mais silenciosa que fosse, a afinidade que Malaquias tinha era mesmo com a filha do meio.

E lá estava a filha que se recusou a rezar com a mãe antes desta morrer; a garota que virou sozinha um campeonato de queimada escapando e segurando as boladas mais fortes com as próprias mãos; a irmã do Coveiro Assassino – *era tratada pelos pais com muito desvelo, recato e carinho –*; a filha do motorista da jardineira; a menina que não gostava de meninos – *a não ser com a mãe ou o pai, só saía com Dona Margarida –*; a filha da puta daquela nigrinha – *uma viúva muito séria –*; e Malaquias se deu conta de que não eram só as pessoas falando ao redor – *que morava nas vizinhanças e ensinava a Clara bordados e costuras –*, ele podia ouvir o que a filha estava pensando. Sim, agora ele entendia.

Os filhos não o viam, mas, naquele breve momento, como uma folha sendo virada, ele os enxergou melhor do que nunca. No instante em que sua consciência cruzou com a de Ícaro e de Perdiz, percebeu que não conseguia ver o que os filhos enxergavam. Os desafios e as estradas onde um se perdia, e a solidão e escuridão onde o outro se encontrava. Negá-los da forma como ele fazia afastara-os de forma definitiva. Mas os desafios de Rafa ele reconhecia, o esforço para não amar, a dureza com que encarava as mudanças e perseverava entre elas. *E a cabeça dura meu deus do céu, que cabeça dura.* Mas lá estava ela, correndo para sobreviver e dizendo em voz alta um trecho do seu livro favorito durante a adolescência, para tomar coragem.

Ela correu até o final da fazenda, deixando os tiros e as pessoas para trás, pois queria chegar no curral e roubar um bezerro enquanto todos estavam ocupados se matando. Mas quando ela viu a casa grande do doutor Aziz, não foi no curral que Rafa prestou atenção. Ela e o espectro de Malaquias depararam-se com o que, à primeira vista, se parecia com o maior tolete de merda da face da Terra.

O elo telepático foi rompido e Malaquias despertou sozinho em casa, enquanto Rafa precisava adaptar-se ao que estava vendo e isso levou alguns segundos, segundos que ela pensou que não tinha, mas de que precisava assim mesmo. O que ela pensou que se tratava de um toletão era, agora ela percebia melhor, uma presa. O maior e mais imundo dente canino que ela ou qualquer outra pessoa já vira, brotando do chão e subindo em direção aos céus na altura de uns trinta metros ou mais. E ela tinha certeza de que era maior que qualquer prédio de Mucarágua.

Da mesma maneira que os irmãos, Rafa também pôde sentir a presença do pai por alguns momentos. Fora isso, inclusive, que a assustara, fazendo com que recitasse de cor um trecho de *Clara dos Anjos,* e não o fato de correr em meio a um tiroteio polvilhado com urubus assassinos e uma turba furiosa. Mas agora a presença se fora e ela estava sozinha vendo aquilo. Demorou a entender que se tratava de uma edificação, mais precisamente uma torre.

A coisa era tão grande que ela se perguntou como era possível que não conseguisse enxergá-la da entrada da fazenda, ou mesmo enquanto corria pelo lado da casa principal. Mas estava ali, ela tinha certeza de que não era nenhuma alucinação ou algo do tipo. Qualquer pessoa que tivesse atravessado aqueles dois anos depois do Grande Fim era plenamente capaz de diferenciar uma alucinação da realidade, mesmo que nem sempre isso quisesse dizer alguma coisa.

Rafa ainda procurou mais um pouco, mas o curral realmente tinha ido pras picas. E ela só se deu conta do tamanho real da construção na sua frente quando viu a fila de pessoas entrando em sua base. Elas vinham pelo que parecia ser uma espécie de esteira flutuante feita de luzes. Luz elétrica, ela acha, embora seja impossível, já que nenhuma lâmpada tinha se acendido nos últimos anos. Ainda assim, apenas quando percebeu a pequena entrada e as pessoas entrando por ela é que Rafa se deu conta de duas coisas.

Primeiro, que a torre era feita de carne. Não só carne, mas diversas matérias vivas, como plantas (ela viu moitas de chuchu trepando construção acima, e dormideiras e trevos de quatro folhas também podiam ser vistos, como uma demonstração de que quem quer que tivesse cagado aquele tolete, também comia vegetais), mas foi a carne que chamou sua atenção. Demorou para notar que era carne, mas era: pedaços de carne, membros ceifados e cabeças mortas, tudo fazia parte da construção. E mesmo àquela distância, Rafa sabia que eram as crianças desaparecidas de Mucarágua que davam sustentação àquilo, embora ela tenha ficado com a impressão de que o lugar precisaria de muito mais crianças do que a cidade dispunha para ficar de pé.

A segunda coisa que Rafa notou era que havia um número de pessoas saindo por onde as outras entravam. Esse movimento era um

UMA TORRE PARA CTHULHU 77

pouco atrapalhado, como se a própria arquitetura daquele prédio demoníaco não tivesse sido concebida para que alguém saísse, mas essas pessoas faziam isso assim mesmo. Era pouca gente, ninguém muito velho, era verdade. Mas ela conhecia cada um deles, os vira atormentando Ícaro enquanto ele crescia, tirando-lhe toda vontade de viver, deixando-o com tanto medo que ele pensava ter esgotado todo o orgulho que tinha dentro de si, de maneira que ele preferia morrer a sair de casa. Esses mesmos rapazes estavam de volta em sua vida e agora ela estava com medo de que o irmão não sobrevivesse a mais essa rodada na mão deles.

Rafa sabia que precisava salvar Ícaro. Mas de quê? De tornar-se mais um pedaço daquele edifício? De evitar que ele se tornasse parte daquele grupo que um dia praticara *bullying* com ele? Ou de que ele descobrisse algo terrível sobre sua família? Algo que nem ela compreendia muito bem, mas a que teve acesso quando mexeu nos diários da mãe um pouco antes de ela morrer.

– Se for isso – ela diz para si mesma –, então, acabou para nossa família.

Sim, porque se aparecesse a verdade que ela guardou para si depois de incendiar os diários da mãe, ela, Malaquias e Ícaro não teriam mais os laços que os uniam. Ao menos em parte. Mas era uma parte grande demais para ela deixar que o irmão soubesse. Tudo já estava destruído demais para que ela aceitasse que mais aquele tijolo fosse removido da estrutura, desmoronando com tudo de uma vez. Como acontecia nessas situações, Rafa perdeu um momento pensando em algo que não era o presente, em como saber disso poderia arrasar com o pai e, talvez, com Ícaro também. Mas o pensamento foi breve, porque logo o grupo de idiotas que saía da grande torre estava olhando para ela, que nem se deu ao trabalho de tentar esconder-se no meio daquela confusão toda, e eles estão apontando e fazendo um som esquisito igual na cena final de um filme sobre invasões alienígenas, outro que ela não lembrava o nome, mas que tinha visto mais de uma vez nas velhas fitas mofadas do irmão mais velho. E quando eles começaram a correr em sua direção, ela fez o mesmo, mas na direção oposta, para longe deles. Antes que o grupo a alcançasse, Rafa pôs-se a correr como o diabo. *Na verdade*, ela pensou, *pode ser que eles nem estejam atrás de mim.* Mas era um pensamento otimista, considerando que ela estava em disparada, indo na direção da mata do Timóteo, um cantão escuro que já era inóspito antes que sua vegetação fosse consumida e confundida com o mofo que tomara conta de tudo depois do Grande Fim.

Para quem está de fora, pode parecer que foi uma decisão estúpida – e foi mesmo –, mas Rafa tinha certeza de que ia se dar bem com tal estratégia. Como cresceu brincando na mata com outras crianças, enxergou naquele ponto um lugar possível de fuga, mesmo que estivesse a um hectare de distância. Mas o que Rafa viu mesmo foi a incerteza de um corpo, uma estrutura metálica e viva, insetos desconhecidos agitando-se sobre uma base invisível e caminhando em sua direção. Não sabia que porra era aquela, mas estava entre a cruz e a espada, o diabo e o azul profundo. Tudo estava para ser engolido por aquela realidade pervertida e delirante que tinha tomado conta do mundo e que até agora ela fingia que só via no retrovisor. Ela sabia que não havia nada a ser feito. Então levantou o pedaço de pau e deu com ele bem no meio das pernas do espectro coberto de insetos.

– Vade-retro, capiroto!

Não deu certo, mas ela ganhou tempo para correr na direção da mata do Timóteo, que era longe, mas ao menos não tinha anu nem carrapato. Enquanto corria, Rafa sentia a barriga roncar e soube que tinha chegado aquela época do mês, uma caganeira interminável que todos passaram a ter depois do Grande Fim. Quase sempre é possível segurar a onda por algumas semanas, mas chegava um momento em que todos começavam a contorcer-se em puns assobiados e tornava-se impossível ficar por muito tempo em um lugar fechado. Ela correu até chegar na mata e continuou por uns trinta metros, tropeçando em raízes de árvores mortas e desviando-se de... teias?

– Isso é um absurdo... – ela disse para si mesma, lembrando-se de outro dos filmes em que acompanhava o irmão mais velho no velho videocassete. Era uma história longa sobre um grupo de pessoas tentando destruir um anel e, em alguma parte da história, depois de passarem por várias aventuras e separarem-se, dois amigos estavam cercados por uma aranha gigante. Ela não se lembrava do que acontecia depois, mas tinha quase certeza do que ia acontecer agora que tinha metido a cara em um monte de teias de aranha nas quais vários insetos e moscas de cabeça branca contorciam-se, presos e prestes a virar banquete.

Ela continua a correr e faz a única coisa possível, tirando o casaco e correndo para cima de uma árvore, onde se abraçou rapidamente a um galho alto, ficando quieta enquanto observava a criatura coberta de insetos e os garotos desistindo de entrar na mata. A mata sem mata onde ela adormeceu e sonhou.

Uma sucessão de imagens, sensações, poucas histórias sendo contadas, um emaranhado de emoções, Camila de vestido feito de insetos, um sorriso que se revelava uma barata, um toque macio que já não estava lá quando se olhava, um jeito de correr sem sair do lugar. O passo firme que te fazia escorregar da cama e achar que estava voando e então se estava caindo e dirigindo em direção a uma pirambeira. *Plunct-plact-zum*. Ela sonhou que estava deitada num galho dormindo e precisava ir ao banheiro. E levantou-se com cuidad--

– Ooooopa!

Ela disse ainda no ar, acordando, colocando um braço na frente do corpo para segurar a queda e--

a carne mais barata

1 – Poooorra!
Rafa gritou, sentindo o osso partir quando cai por cima do braço esquerdo. Então colocou a mão direita na boca para segurar o grito enquanto se levantava devagar, para tirar o peso do corpo de cima do membro quebrado. A dor demorou a chegar, quase como se o cérebro e o corpo ainda discutissem a intensidade dos acontecimentos, a própria mão teimando em mexer os dedos e o punho, cada articulação ardendo por essa teimosia.

Na mão dependurada, ela conseguiu dar jeito assim que encontrou o casaco e improvisou um torniquete, mas a dor ainda estava lá... E ela precisava ficar de olho. Quanto tempo ficou dormindo? O céu estava amarelando...

– O que era aquela coisa?

Perguntou-se sabendo bem a resposta. Precisava sair dali agora. Enquanto isso, sentia o chão quebradiço e percebeu-se caminhando sobre centenas de carcaças de passarinhos.

– Acho que suas gaiolas vão continuar vazias, pai. – Rafa começou a rir de si mesma e quase gritou com uma nova pontada de dor surgindo do braço.

Enquanto caminhava, nervosa e pálida, o tempo inteiro precisando apoiar-se para ter certeza de que permaneceria desperta e de pé, Rafa pensava em como, em tão pouco tempo, Mucarágua deixou de ser a cidade onde a maior anormalidade até então havia sido seu irmão agindo como um *serial killer* de coveiros, para um lugar onde criaturas cobertas de insetos andavam por aí como se não fossem as porcarias de uns demônios saídos do inferno. Quer dizer, ela sabia que a própria morte de toda a flora e fauna da cidade (e, provavelmente, do mundo) era estranha o suficiente, mas enquanto trabalhava na fazenda, sentiu-se tão afeiçoada à nova espécie em que o gado tinha se convertido que não pensava naquilo como algo exatamente estranho. Era apenas triste constatar que os pássaros não existiam mais e tudo o que restava eram urubus e anus que tinham mudado para tornar-se algo mais sinistro e insetoide. Mas, no cômputo geral das coisas, Rafa sentia que o mundo não tinha mudado tanto assim, ela e sua família continuavam pobres de marré, precisando aceitar qualquer trabalho para garantirem comida na mesa no final do dia, de maneira que o Grande Fim só fez diferença para eles no sentido de que agora a comida era um pouco mais melequenta do que antes. Mas quanto às coisas sobrenaturais e alienígenas que afligiam o planeta, nada daquilo tinha um significado real para os Dédalo até então, a fé professada pelos sacerdotes amarelos era como aquela dos pastores e padres antes deles, uma ameaça vazia de seres invisíveis que ameaçavam com grandes castigos aqueles que não seguissem os seus desmandos. Mas agora não, ela tinha uma evidência real de que existia algo além do que a nossa vã filosofia podia sonhar entre o céu e a terra. *Teria sido muito mais fácil encontrar com Jesus*, Rafa pensava enquanto caminhava perdida pela mata morta do Timóteo.

Mesmo com a jaqueta servindo de tipoia, Rafa precisou segurar o braço quebrado enquanto caminhava. Tinha a impressão de que a cada inclinação do terreno, cada movimento mais brusco que precisava fazer enquanto tentava desvencilhar-se de uma raiz e mesmo a cada respiração, a dor aumentava e ela acabaria precisando se sentar, gritar por ajuda ou simplesmente aceitar que não conseguiria sair dali. Fora que a dor de barriga estava cada vez mais forte. Por isso, numa decisão incoerente, mas que abraçou com tudo, decidiu começar a morder as bochechas. Custou até entender o que estava fazendo, mas a dor dilacerante surgida daí, e as aftas resultantes disso, a ajudariam a esquecer-se da dor do braço partido.

Chegou um momento em que Rafa já não sabia o quanto tinha caminhado, só sabia que não podia voltar porque lá atrás a aguardavam os imbecis que maltrataram seu irmão no passado e, ainda pior, a criatura coberta de insetos que ela começava a achar que podia ser um anjo no final das contas. Olhando para cima, o estranho padrão de galhos secos desenha um céu onde o amarelo deixava tudo mais triste. Ela começou a sentir que não conseguiria sair dali e estava perdida, quando escutou passos.

2

Malaquias estava de porre. Não como os porres que toma com Juca no alambique da Toca de Ceceu. Não, aquele é um porre hediondo, como se o tivessem virado do avesso e arrastado por toda a avenida Paranhos, para cima e para baixo, por cima dos paralelepípedos. Se não fosse o fato de que aquele era o preço a se pagar para poder encontrar-se com a esposa falecida e os filhos desaparecidos, ele poderia jurar que nunca mais faria algo parecido.

– Mas que se foda – ele disse, vomitando em cima de uma grande pedra retangular que roubara da prefeitura e colocara na porta da cozinha anos atrás, facilitando a vida de quem fosse entrar, raspando a sola dos calçados ali para evitar que a esposa brigasse no caso de a pessoa carregar consigo lama ou qualquer coisa do tipo para dentro da casa.

– Que se foda o quê? – disse Juca, de pé ao seu lado.

– Aaaaah, cacete! Quer me matar do coração, Juca?

– Não achei que alguém ainda se assustasse nesse mundão de meu Deus.

– Só quando um vara-tripa igual você aparece borboletando do lado, vermelho igual alguém que perdeu o fígado e com o bafo de quem mamou direto do barril de madeira.

Juca ignorou o que ele não sabia se era uma ofensa ou um elogio e foi direto ao ponto:

– O Ícaro já voltou? Queria falar com ele sobre uma coisa...

Malaquias ignorou-o, levantando-se e entrando, convidando para que ele fizesse o mesmo. Juca entrou, mas não sem limpar os pés na entrada, um costume conservado de quando visitava a família com a matriarca ainda viva.

– Aceita uma água?

– Só a que passarinho não bebe.

– Não tem mais passarinho – Malaquias disse, apontando na direção das gaiolas vazias.

– Ainda tem anu.

– E urubu.

– Pois é. E falando em urubu, cê resolveu não ir trabalhar hoje por causa deles?

– Como assim? – Malaquias perguntou, um pouco irritado, afinal, todos os dias ele ia trabalhar e lidava com os urubus famintos do cemitério, sem nunca ter voltado para casa com mais do que uma camisa rasgada e um leve arranhão em uma das mãos depois de enfrentar as aves de rapina necrófagas em um dia em que estavam particularmente famintas e alvoraçadas.

– Eu não sei, só ouvi falar enquanto vinha pra cá, mas parece que reviraram todos os túmulos, uma coisa horrível.

– Mas isso acontece todo dia.

– Um ou dois, né? Dessa vez foi diferente. Foram todos mesmo, pra valer.

A descrição de Juca não fazia jus à imagem que o próprio Malaquias testemunhara quando chegou esbaforido ao cemitério. Lápides quebradas, um chororô miserável, os outros coveiros olhando para ele como se não devesse estar ali ou, pior, como se aquela desgraceira toda fosse obra de seu filho mais velho que tivesse voltado para terminar o que tinha começado antes do Grande Fim.

– Como se Perdiz não tivesse mais o que fazer... Se é que tá vivo – Malaquias disse enquanto caminhava por entre os túmulos até aquele único que lhe interessa: o da esposa. Como todos os túmulos com menos de dois anos, o dela também estava revirado. O coveiro chorou ao descobrir que a única coisa que restara dela era um caixão quebrado e manchado pela putrefação, então arrancou a placa com o nome da falecida da cruz inútil que a guardava e saiu dali.

– Ô! – Era Paulo da Arrebentação, um coveiro que nunca gostou de Malaquias e que veio falar com ele, tocando seu ombro, que irradiou uma resposta de eletricidade raivosa, um solavanco que não precisava de palavras, mas que bem dizia *tira-a-mão-de-mim*.

Malaquias e Paulo altercaram-se em olhares desde sempre, mas este parecia um daqueles momentos em que a coisa podia realmente ficar séria entre eles. E algumas vezes é muito tarde para se acreditar que se um não quer, dois não brigam.

– O que cê quer? – A pergunta seca de Malaquias não afeta Paulo em nada.

– Você tem que ajudar a gente, ô.

– Eu não tenho que nada.

– Já entendi, então.

– Entendeu o quê?

– Ah, nada.

– Não, Paulo, agora cê teve toda essa trabalheira de vir aqui e latir sua opinião pra mim, então faz o favor e me conta o que é que cê entendeu nessa porra.

– Cê é igual o seu filho, só queria ficar aqui manjando as covas. Agora que vieram uns bichos e comeram todo mundo, cê vai embora. Trabalhar que é bom--

– O quê?

– Isso mesmo que cê ouv--

Foi um pouco difícil para Paulo conseguir terminar de falar, visto que sua mandíbula dobrou para a direita quando Malaquias deu uma pazada na sua cabeça. Foi preciso que os outros coveiros entrassem em cena separando os dois, ou melhor, tirando Malaquias de cima de

Paulo, que não tinha muita força para reagir depois do golpe.

Depois disso, o patriarca dos Dédalo foi expulso do cemitério e saiu rindo, pensando que ao menos não teria que lidar com aquele monte de túmulos revirados.

3 Enquanto isso, Rafa, à moda do pai, pensava em como bateria na pessoa que estava se aproximando. Não bastasse a dor e o esforço empreendido para manter-se de pé, agora era preciso agachar-se e espreitar com cuidado *quem vem lá* aos passinhos, atrás de si. Ela encontrou um galho que lhe serviria melhor de bengala, mas que levantou assim mesmo, pronta para dar com ele na cabeça do biltre perseguidor, quando ouviu uma voz familiar chamando por ela.

– Rafa?

– Juca? – ela disse, saindo de trás de um tronco fino demais para tentar usar como esconderijo. Dando de cara com com Juca, que ficou mortificado ao perceber como ela estava pálida, mal se dando conta do braço quebrado dela, tamanha a zoeira que se apossara de Rafa, uma fraqueza iminente a qual ela não podia nem queria se entregar, mas que ia pouco a pouco ocupando seu espaço, inchando-a, tirando o seu equilíbrio... A ponto dela desmaiar e Juca pegá-la no colo.

Quando acorda, Rafa já está em casa. Juca está sentado ao lado da cama, mais vermelho que de costume, afinal precisou carregá-la da mata do Timóteo até ali e isso, certamente, não foi fácil.

– Como foi que você me achou?

Assim, nem um agradecimento nem nada. Não que Juca já não estivesse acostumado aos modos da família Dédalo.

– Na verdade – ele diz, enquanto Malaquias entra no quarto trazendo uma xícara com alguma coisa quente que, se tivesse juízo, Rafa tomaria sem perguntar o que era –, eu estava procurando por Ícaro. Seu pai aqui não falou, mas eu sabia que ele estava preocupado com o sumiço do seu irmão.

No modo mentor, Juca continuou explicando como tinha ido até a fazenda atrás de um irmão, mas acabara encontrando um cenário tão horrendo quanto o que Malaquias provavelmente tinha visto no cemitério revirado. A diferença é que na fazenda os urubus tinham atacado corpos de pessoas ainda vivas. Depois de um tempo, vendo como os funcionários da fazenda continuavam agitados e em busca de alguém, ele achou que pudesse ser Ícaro que tinha tentado fugir da lavagem cerebral ou fosse lá o que eles estavam fazendo para que aquele bando de moleques aceitasse trabalhar como jagunços. Impulsionado por uma coragem que só o álcool era capaz de gerar, Juca entrou na fazenda e, muito provavelmente, fizera o mesmo percurso que Rafa, tomando o

UMA TORRE PARA CTHULHU **85**

cuidado de não se deixar ser visto pelo grupo que circundava a mata do Timóteo em busca de algo... ou alguém, que acabou se revelando ser ela.

Só então ela move o braço e percebe que a jaqueta imunda que lhe servia de tipoia fora substituída por uma tala feita com duas peças de madeira leves, mas firmes, e um tecido que ela julgava ser de um vestido da mãe. Quando perguntou quem tinha feito aquilo, Malaquias respondeu:

– Juca me ajudou, mas eu achei que tinha que ser um tecido leve, bom pra pele poder respirar.

Rafa ficou olhando para o tecido tingido, festivo e que em nada se parecia com a mãe da qual ela se lembrava em seus últimos anos.

– Bem, ela sempre quis que eu ficasse com esse vestido, né? E não é como se eu fosse usar ele de verdade um dia...

Os três riem. Uma risada fraca, mas franca, afinal, ainda restava a preocupação de onde estava Ícaro. Rafa contou sobre o que vira, assim como Juca e Malaquias, que narrou as visões que tivera mais cedo. Os relatos conjuntos não exatamente ajudaram a elucidar o que era a Torre, mas deram uma boa ideia do que estava acontecendo, de onde provavelmente estava Ícaro e, principalmente, do que eles deveriam fazer.

– O que *cê* tá fazendo? – Malaquias pergunta para Rafa, que começa a levantar-se, ainda tonta e com dificuldade devido ao braço quebrado, que ainda dói para um cacete.

– A gente precisa ir atrás do Ícaro, pai.

– Não. Cê precisa é ficar quieta aí e ficar boa. Depois a gente pensa no que fazer e--

– Não! – A forma como ela responde assusta tanto o pai quanto Juca, mesmo que este último esperasse por aquele rompante. – Você não sabe o que eu vi, eles vão matar o Ícaro e não vai sobrar nada dele pra contar história. Eles tão usando gente pra fazer aquela merda de espigão, sabia? Aquela porra é feita de carne...

– Eu sei.

– Você sabe?

– Seu pai teve uma visão. – Agora é Juca quem fala. Provavelmente, a pessoa mais adequada para se falar sobre assuntos que escapam à lógica.

– É por isso mesmo que a gente tem que ir atrás do Ícaro – Rafa diz, levantando-se e gemendo ainda mais com a dor do braço. – Você viu o que vai acontecer com ele.

– Por isso mesmo – diz Malaquias, com uma sobriedade desconhecida até por ele mesmo nos últimos tempos. – Eu vi o que já está acontecendo com o seu irmão, minha filha. Acho que não dá mais pra salvá-lo.

– Não! – O grito que Rafa dá é quase infantil, mas a força que ela emprega enquanto se levanta, mesmo em meio a dor, denúncia uma maturidade que o pai desconhecia na filha até ali.

– *Cê* num tá em condição de ficar nem em pé.

– E você nunca teve condições de ser pai de ninguém. – Ela despeja sobre ele uma lembrança ruim, de um dia em que estava com o pai e Ícaro em um bar e alguém os ofendera e o pai não moveu uma palha sequer para os defender. E como ele não os defendeu no passado, agora é ela quem não o poupa, falando abertamente sobre o segredo mais profundo da família, coisas que todos sabiam mas que era, à moda da casa, guardadas em silêncio absoluto, quase a ponto do obliteramento. O que Rafa descobrira lendo os diários da mãe, que apenas ela era filha legítima de Malaquias, que seus irmãos eram frutos de casos. E que não eram simples casos, ela precisava deitar-se com outros homens para garantir comida em casa, sentir-se querida, desejada. Amada, até. Coisas que ela não conseguia ter com Malaquias. – É por isso que você nunca gostou da gente. Por isso que você deixou que Perdiz fosse embora e agora tá deixando que o Ícaro também suma da nossa vida. Por isso que você não pode nem defender um filho seu quando um babaca bêbado do caralho chama ele de bastardinho na sua cara. Porque você nunca amou nenhum dos seus filhos... pai.

Juca levanta-se para sair enquanto Malaquias, genuinamente surpreso com aquele rompante da filha, segura o melhor amigo pelo braço e pede que ele fique.

– Eu sempre soube dessas coisas, Rafaela. – A forma como ele diz o seu nome indica que não está mentindo. Mas também faz com que ela fique com ainda mais raiva do pai. – Cê tem toda razão de sentir raiva de mim, eu não fui bom o bastante com a sua mãe em nossos primeiros anos de casamento, mas gosto de pensar que isso mudou nos nossos últimos anos juntos. É claro que tudo ficou mais triste depois que Perdiz – olha só, ele dissera o nome do filho mais velho! – fez tudo aquilo e foi embora, mas o passado tinha ficado no passado. Nós nos perdoamos e aprendemos a nos amar. E eu nunca amei nenhum d'ocês de forma diferente.

– Mas agora você quer deixar o Ícaro morrer.

– Não, minha filha. Eu quero é que cê viva. Juca.

– Oi?

– Diz pra ela, fazendo o favor. Diz que é doidice ir atrás do irmão dela.

Juca olha do melhor amigo para sua filha. E fica em silêncio.

– Você é um covarde. – Rafa diz isso com tanta raiva que consegue terminar de levantar-se sem ser atingida pela dor. Ela sai, evitando ser tocada pelo pai, e bate a porta atrás de si, um movimento que faz

UMA TORRE PARA CTHULHU 87

a dor voltar com tudo. Mas ela não está nem aí e continua a caminhar em direção ao lugar de onde viera. Se ninguém ia com ela, então Rafa resgataria o irmão sozinha.

4 A grande questão era saber se Ícaro gostaria de ser resgatado. De acordo com a visão que Malaquias havia tido, seu filho mais novo estava em um ambiente isolado, em um lugar escuro que só o permitia rezar esperando pelo que viesse a lhe acontecer. O que sua breve mediunidade não conseguiu registrar é que o isolamento era consensual.

Ícaro havia concordado em passar os últimos momentos em seu corpo há algumas noites, quando visitara a fazenda em que a irmã trabalhara e fora convidado por Drézim das Batatas, um sujeito que batera nele durante todo o ensino médio, para conhecer o interior da Torre, uma construção que ele ficaria sabendo ser feita dos corpos de todos os seres vivos disponíveis na cidade. Bem, não exatamente "todos", mas aqueles que resistiram ao Grande Fim, e aqueles que foram trazidos à vida novamente exatamente com essa finalidade, como era o caso de alguns vegetais, como os trevos de quatro folhas e as dormideiras que seu pai e sua irmã tinham encontrado.

Se o tempo permitisse e ele pudesse parar pensar naquilo, ainda assim Ícaro teria achado muito natural seguir Drézim naquela noite, aceitar entrar na Torre e ser deixado sozinho em uma sala com um pequeno tonel de metal como ele foi deixado. Se lhe fosse permitido, ele até diria que não se surpreendeu quando ouviu o tonel começar a falar.

– *Vozzzê é o Íiiicaro, não é?* – O que ele provavelmente nunca admitira era que ouvir o próprio nome daquela maneira, quase como se fosse um "Fígaro" cantado na ópera, foi uma verdadeira provação, obrigando-o a conter-se para não cair na gargalhada.

Achando que se tratava de um alto-falante, Ícaro falou alto, esperando que algum microfone captasse a sua voz, surpreendentemente nada nervosa:

– *Sou.*

– *Muuuuito zzzom.*

– *"Muito bom"?*

– *Iiizzzzo.*

A voz, parecida com um rádio mal sintonizado, logo revelou-se ser do doutor Aziz, o dono da fazenda em que Rafa trabalhava. Ícaro, que ouvira da irmã que o homem tinha morrido, ficou se perguntando se estavam lhe pregando uma peça. Ou se era Aziz que estava fazendo uma cena para o resto do mundo, fingindo-se de morto. Se esse fosse o caso, para que perder tempo com ele? Afinal, Ícaro era e sentia-se como um absoluto ninguém.

Por outro lado, ele não pôde deixar de notar que a estrutura em que estava era feita de carne. Carne podre, aliás. Que só não devia feder por conta da erva-de-passarinho que ele também via alastrando-se para todo lado, quase como uma tela que sustentasse o restante da ordenação.

Mas o que Ícaro estava mesmo se perguntando era o motivo de estar ali. Será que ele faria parte do prédio em breve? Um tijolo a mais num império terraformado sobre lava, lama e almas assalariadas que ninguém parece notar?

– *Vozzzêee deveeezzzztar zzze peeerguntaaando o que ezzztá fazzzeeendo aqui.*

– *Divinhão.*

A risada metálica vinda do tonel – que agora Ícaro começava a pensar como sendo um cilindro – não lhe provocou nenhuma reação, o que parecia deixar Aziz satisfeito, se é que era possível identificar qualquer sentimento vindo daquele objeto de metal. Agora, com os olhos mais acostumados com a escuridão, Ícaro notou que o objeto era decorado com cores estranhas e detalhes que remetiam a um padrão fractal que ele não conseguia compreender, mas pelo qual ficou muito atraído.

A conversa que tiveram naquela noite fora provavelmente a mais significativa da vida de Ícaro. Ouvir Aziz falar com tanta segurança sobre outros mundos, outras possibilidades de existência e de como o "Grande Fim" não passava de uma expressão simplista, visto que agora é que finalmente o planeta estava começando ao adentrar um Novo Aeon, uma nova era, abriu-lhe os olhos de maneira semelhante ao que sentira seu irmão mais velho alguns anos antes, quando deixou de ser um simpático cinéfilo consumidor de fitas VHS mofadas para tornar-se um *serial killer*. Pela primeira vez, Ícaro sentiu entender o que se passara com Perdiz e, principalmente, o que precisava fazer para não se sentir perdido e isolado como vinha sentindo-se desde sempre.

Ainda assim, ouvindo as instruções de Aziz, voltou para casa, esteve com a irmã e o pai e tentou agir como se nada tivesse mudado. Então, depois de um tempo, voltou para a fazenda, onde foi recebido por Azizim e Celeste, os filhos de Aziz, que o trataram como "irmão", convidaram-no para sentar e comer com eles. E Ícaro não estranhou que eles não comessem de tão feliz que estava por ser tratado como um par, e também não estranhou quando o guiaram até um quarto isolado, onde pôde ouvir novamente a voz metálica de Aziz, que informou que, como ele, Ícaro estava a ponto de passar por uma grande transformação.

Quando uma oração profana começou a brotar da sua garganta, clamando para ser repetida à exaustão, Ícaro continuou sem estranhar que qualquer coisa de errada pudesse acontecer. E mesmo quando sua língua começou a inchar e ele já não conseguia mais falar, continuou achando que não havia nada de errado ou estranho consigo. Muito pelo contrário, ele sentia-se completo em sua dor. E continuou a sentir-se assim enquanto vomitava sangue, sentia os membros dormentes e a cabeça tilintar de dor.

E quando sentiu que partes de sua língua inchada estavam quebradiças, Ícaro permaneceu feliz e tranquilo, entendendo a necessidade de passar por aquele sofrimento para chegar ao próximo estágio evolutivo, no qual, tal como a consciência de Aziz, confinada a seu cilindro metálico, estaria livre para contemplar todo o cosmos. E assim, quando sua língua finalmente caiu, Ícaro sentiu que encontrara um lar e que bastaria aguardar pelo apodrecimento do restante do corpo para que ele pudesse voar.

bom entendedor meia palavra

1 A fazenda está ainda mais agitada do que antes. Se quando Rafa trabalhava lá os dias eram convolutos pelo movimento comum do gado e toda a trabalheira que isso envolvia, agora a rotina parecia ainda mais perturbada. Mesmo nos dias de silagem do capim – "capim" passou a ser a designação daquela erva estranha que começou a crescer por todo canto – não havia tanta gente andando para cima e para baixo na fazenda quanto agora. Tinha sido difícil para Rafa subir naquela velha goiabeira que ficava exatamente no limite entre a fazenda e a mata do Timóteo, mas lá estava ela, forçando a vista e torcendo para não cair novamente, o que quase aconteceu quando Juca chamou-a.

– Meu Deus – ela diz, olhando para baixo e vendo o amigo do pai parado lá. – Você quase me derrubou, cara.

– E você – Juca diz, parando para respirar enquanto começa a subir na árvore para juntar-se a ela – não deveria subir em árvores de novo. O que é que cê tá bizoiando aí?

– O mesmo que você – Rafa responde enquanto o outro se ajeita em um galho ao seu lado. – Tentando achar o meu irmão.

Juca assente e, em silêncio, continua olhando para o movimento sem fim da fazenda. Tem vontade de fazer comentários a respeito da Torre, que agora parece mais alta do que antes, mas continua quieto no seu canto, esperando pelo momento em que verá Ícaro aparecer no meio de toda aquela gente. Como ele não aparece e o céu já segue a palmo e meio de ficar esverdeado, resolve romper a quietude da parceria e falar:

– Sabe, acho que você foi dura demais com seu pai.

– E eu acho que você não devia se meter em assuntos de família. Juca sorri um sorriso de tiozão.

– Eu considero vocês a minha família.

Rafa fica sem graça. Ela sabe que é verdade, sempre sentiu que o Mestre Juca era uma espécie de tio.

– Desculpa, Juca, eu não quis...

– Não – ele diz, ainda sorrindo –, você quis, sim. Mas tá tudo bem.

– Não tá, não.

– Olha, confia em mim. Eu tenho certeza de que vai ficar tudo bem. Mas você precisa entender uma coisa, Rafa.

– Hum.

– O seu pai.

– O que tem ele?

– Seu pai ama vocês pra caralho.

– Não é o que parece.

– Olha, seu pai é um sujeito seco. Muito na dele lá, com aquele jeitão esquentado e meio tosco, mas eu te garanto, não tem nada mais importante pra ele do que vocês.

– Então por que ele não tá aqui tentando encontrar o Ícaro com a gente?

– Você acha que ele desistiu dos seus irmãos?

– E você tem dúvidas? – Rafa pergunta, fazendo uma aba com a mão boa para tentar localizar o irmão mais novo em meio a um pequeno grupo que sai da Torre.

– Eu tenho certeza que não. De fato, acho que não existiram dias mais tristes na vida de Malaquias do que aqueles em que Perdiz foi embora e sua mãe morreu. E tem mais – fala um pouco mais alto, fazendo com que Rafa desvie-se da Torre para olhar novamente em sua direção –, eu tenho certeza de que nada o deixaria mais feliz do que Ícaro voltar para casa. Mas ele não pode perder você.

– Claro, ainda mais agora que ele sabe que eu sou a única filha legítima dele.

Juca ri.

– O que foi? – Rafa pergunta.

– Você acha que seu pai nunca soube? Meu bem, como diziam antes do Grande Fim, você não sabe da missa a metade.

– Do que você tá falando?

– Seu pai sempre soube. Ele sabia até quando sua mãe estava com outra pessoa. Quando ele estava desempregado, numa maré de azar e sem condições de colocar comida em casa porque tava secando o fundo de cada copo dos botecos de Mucarágua, ele sabia bem o que sua mãe tinha que fazer pra... viver.

– Ele cafetinava ela?

Apesar da situação e da gravidade de tudo, Juca ri e quase cai da árvore, mas consegue reajustar-se ao poleiro improvisado.

– Olha, Rafa, eu duvido que alguém conseguisse mandar na sua mãe por qualquer coisa. Mesmo que fosse o seu pai. Ela fez o que tinha que fazer e continuou com o seu pai porque era o que ela queria. Agora, o que você precisa entender é que, mesmo sabendo que seus irmãos não eram dele, ele os assumiu.

– Por vergonha de ser um corno.

Aqui, Juca dá de ombros.

– Pode ser. Mas ele também nunca aceitou que falassem o que fosse da sua mãe. Eu mesmo vi, quando você e o Ícaro eram novinhos, seu pai cobrir um filho da puta de porrada no bar do Relo depois que o sujeito falou alguma gracinha sobre a sua mãe. É claro, você pode dizer que ele só estava defendendo a própria honra ou alguma coisa do tipo.

– É bem o que me parece mesmo.

– Eu não acho.

– Não?

– Não.

– Por quê?

– Porque um idiota qualquer começou a falar umas graças pra vocês, que não entenderam porque eram muito pequenos e inocentes, mas todo mundo sabia do que ele tava falando.

– Eu me lembro disso.

– Mas você não deve lembrar que o seu pai comprou um monte de balas e bolas de gude e mandou vocês dois saírem para brincar.

– Não.

– Eu tenho uma teoria sobre isso.

– Claro que tem.

– Gente igual o seu pai, Rafa. Eles não sabem mostrar os sentimentos. Então, quando fazem alguma coisa assim, tipo comprar boleba e bala pros filhos brincarem, fica parecendo que é uma coisa estranha, que não devia fazer parte nem das lembranças da gente.

– Pelo visto é pros filhos não verem ele dando porrada em alguém igual um animal.

– É o que você acha que seu pai é? – Juca diz, um tanto decepcionado. – É o que você acha que ele fez? Quer dizer, ele disse pro babaca engolir o que ele tava dizendo.

– E aí?

– O sujeito disse que se seu pai não quisesse ouvir verdades, então não devia ficar casado com uma puta igual sua mãe. Desculpe, palavras dele. Mas sabe o que o Malaquias fez?

– Fez o babaca engolir o que tava dizendo?

Juca dá uma risadinha.

– Heh. Se dar com o fundo de um copo americano na boca dele até quebrar dois dentes for uma maneira de conseguir isso, então foi isso, sim, que o seu pai fez. – Rafa fica boquiaberta e Juca continua. – O que eu quero dizer é que eu duvido que exista algo que seu pai queira mais na vida do que você e seu irmão não se machucarem. O problema, com ele e com a maioria dos pais (e eu sei do que estou falando porque, em minha vida como professor, conheci muitos e muitos pais), é que eles não sabem como fazer isso. E acabam machucando os filhos enquanto tentam protegê-los.

Juca fica em silêncio, voltando a observar a multidão saindo da Torre, torcendo para que Ícaro esteja entre eles.

– Meu pai tem muita sorte de ter um amigo como você, Juca.

E Juca sorri o seu sorriso ébrio e cheio de sabedoria que traz sempre guardado no bolso.

2 Enquanto isso, com o céu já esverdeando, Malaquias voltou ao cemitério, calmo como só aqueles que não têm esperança alguma conseguem ficar. Perambulou de um lado para o outro, finalmente dando atenção aos túmulos quebrados, à terra revirada e aos pedaços de corpos espalhados com membros perdidos.

Caminha devagar, sem medo de dar de cara com os outros coveiros, porque sabia que eles não tinham coragem de ficar ali até tarde, mas com cuidado para não ser atacado pelos urubus, até que chega ao ponto em que queria: o túmulo da esposa. Estava revirado como os demais, seu corpo levado como se não houvesse ninguém para sentir sua falta... Mas Malaquias estava ali. Ele sentia sua falta, ele lamentava sua ausência a cada dia que se passava.

E agora não podia mais falar com ela.

Porque era isso: nos quase dois anos desde que ela morrera, Malaquias não se permitiu sentir sua ausência. Ele até passou a falar mais com a esposa do que jamais fizera. E ele conseguia fazer com que esse contato parecesse real até que experimentou do mofo mágico escondido pelo filho mais novo e finalmente pôde falar com ela pra valer, sentindo-a em seu mais íntimo. E foi aí que ele sentiu que nunca mais conseguiria estar com ela, que a havia perdido de uma vez por todas.

E agora que o cemitério tinha sido revirado daquela maneira e a ausência da mulher era mais anunciada do que nunca, Malaquias não sabia mais o que fazer ou com quem falar quando precisava de conselhos. Juca era um bom amigo e normalmente dizia coisas que ele precisava ouvir, mas nem sempre ele estava com disposição para aguentar suas tiradas espertalhonas.

E agora, diante do túmulo destruído e vazio da única mulher que amou na vida, Malaquias sente um silêncio que o machuca como a mais afiada das adagas. Um silêncio que... começa a ser rompido quando gargalhadas surgem de debaixo da terra.

– EU SINTO CHEIRO DE SOLIDÃO.

A voz é alta, mesmo coberta pelo solo.

– E EU SINTO CHEIRO DE CULPA.

Muito parecida, também coberta pelo solo, essa voz está mais próxima do que parece.

– JÁ EU SINTO CHEIRO DE QUEM NÃO GOSTA MUITO DE BANHO.

E essa voz parece mais infantil, risonha e misturada ao som da terra sendo remexida de baixo para cima.

– SERÁ QUE SENTIREMOS CHEIRO DE PÉS TENTANDO CORRER?

Agora ele não sabia mais quantas vozes ouvia. Só que eram muitas e cada vez mais próximas.

– NÃO, NÃO E NÃO. EU DIGO NÃO PORQUE SEI QUE, QUANDO PERNAS VIVAS NOS VEEM, LOGO ELAS BAMBEIAM.

– E QUANDO BAMBEIAM, ELAS NÃO FICAM VIVAS POR MUITO TEMPO.

– NÃO, NÃO E NÃO. TUDO DEPENDE DO CHEIRO.

– SIM, SIM E SIM. VEJA, ESSAS PERNAS VÃO BAMBEAR, MAS CONTINUARÃO VIVAS, QUER APOSTAR?

E Malaquias testemunha quando um grupo de carniçais, seres de mais de dois metros de altura que se parecem com a cruza de ratos velhos prestes a virar morcegos com homens, começam a revirar a terra e a sair pelo cemitério, alguns engatinhando, outros se pondo de pé, dando tapas em urubus, fazendo com que ele pense em uma velha canção, algo completamente fora de contexto para um momento tão repleto de medo. E os carniçais olham para ele, que os olha de volta, sem conseguir correr. Eles riem, e o coveiro fica paralisado porque, da mesma maneira que seus filhos, até agora não levava tão a sério assim o Grande Fim, afinal, com exceção dos anus e das vacas cujos pedaços Rafa levava para casa todos os dias, ele não entendia tão bem o fim do mundo até o momento em que se encontrara com as criaturas que não deveriam existir nele. E mesmo quando estivera cercado por gatos brancos em uma noite esverdeada, o mundo não lhe parecia tão distante quanto estava até agora. E nada, ele sentia, nada podia prepará-lo para a aproximação da terrível criatura que o segurava pela nuca paralisada e o levava para perto de seu rosto infernal e dos seus olhos vermelhos e sem fim. E ele nunca esperou que pudesse ouvir...

– OLÁ, AMIGUINHO QUE NOS TRAZIA COMIDA TODOS OS DIAS. COMO VOCÊ ESTÁ?

E quando desmaiou, Malaquias sentiu que era uma boa coisa, pois assim, ao menos, não sentiria dor quando o mordessem.

3 Despertar é um privilégio. Em um mundo onde o amanhã é uma incerteza, nem todos têm a oportunidade de acordar. Para Ícaro, essa era uma coisa que poderia não acontecer. Quando sua língua caiu, ele não sentiu dor. Mas também se sentiu traído, desesperado, prestes a morrer. E, principalmente, nem um pouco disposto a qualquer dessas coisas.

Ele só queria sair dali, voltar para casa e tentar viver como a maioria das pessoas. Mas Ícaro sabia, agora que sua língua tinha desaparecido e ele mal podia articular-se além de alguns grunhidos, que isso não era mais possível.

E o conhecimento não era algo que ele queria naquele momento.

– *Não zzze preooocupe com izzzzo.*

A voz metálica do cilindro voltou a falar com ele e levou algum tempo para que Ícaro o localizasse na escuridão em que se encontrava. Apalpou às cegas até que o encontrasse e, então, abraçou-o, como que tentando levantá-lo com uma força que não possuía. Pensou em chutá-lo, mas, sentindo suas forças esvaírem-se, achou que se fizesse isso, também acabaria quebrando o pé, ou até mesmo perdendo-o no processo.

– *Vozzzê ainda ezzztá muito apegado ao zzzeu corpo. Eu também pazzzei por isso.*

Pequenos pontos de luz começam a acender no que Ícaro nota agora ser uma espécie de câmara com vidros espelhados na parte de cima. Do outro lado, ele ouve insetos zumbindo sem parar enquanto o cilindro diante dele continua matraqueando em sua voz robótica e sem emoção.

– *Caaalma* – o cilindro volta a dizer. – *Zzzão apenazzz ozzz Mi-Go nozzz obzzzervando. Elezzzão nozzzozz mezzztrezz. Vozzzê prezzizzza entender que ezzztamozz juntozz a partiiir de agora, meu filho.*

"Filho?"

A feição de Ícaro denuncia a pergunta que ele é incapaz de fazer em voz alta. O que Aziz queria dizer com isso?

– *Zzzim, eu zou Azzzizz.*

E ele podia ouvir o que Ícaro estava pensando?

– *Muito pouco, zzzão como ecozz para nózzz.*

Ecos que parecem estranhamente familiares para Ícaro agora que ele pensa nisso. De repente, é como se sua consciência se expandisse de uma maneira que nem o mofo podia ter feito antes.

E Ícaro lembra-se de uma ocasião, quando ainda era um garoto, em que foi junto com a mãe até a fazenda e brincou com outras crianças que agora ele sabia serem Azizim e Celeste, os filhos de Aziz, com quem sua mãe foi conversar. E Ícaro lembrou-se de ser chamado pelo fazendeiro, que o pôs em seu colo e elogiou seus olhos esverdeados, apesar de achar que ele era "moreninho demais" para o seu gosto, mas que, mesmo assim, tinha lá o seu valor, o que ele não entendeu no momento; quando ganhou um trenzinho à pilha e, mais tarde, a mãe o levou para tomar sorvete com os irmãos, Rafaela e Perdiz. Mas agora, quase quinze anos depois, parece que ele começa a entender o que se passou, ainda que não pergunte.

– *E nem prezizzza perguntar.*

Aziz, através do cilindro, explica que a mãe de Ícaro precisava de dinheiro e tinha ido ao único lugar onde seria possível conseguir algum.

– *É difízzil criar um filho zozzzinha.*

Ícaro começa a achar a voz metálica estranhamente irritante e próxima de lhe revelar verdades sobre as quais preferia permanecer ignorante. Mas Aziz continua falando assim mesmo, contando sobre como ele nunca amara verdadeiramente sua mãe, mas, naquele momento em que segurou o filho pela primeira vez no colo, sentiu que podia amá-lo.

"Filho?"

Ícaro continua a perguntar sem poder perguntar. E Aziz, sorrindo sem poder sorrir, lhe diz que é isso mesmo, que ele era seu pai, que a relação com a sua mãe fora completamente sem emoção além do desejo e que ambos acreditaram que aquilo continuaria assim para todo sempre.

– *Mazzz nada dizzzzzo importa agora.*

Pois a mãe de Ícaro estava morta e logo aquele mundo também não teria muita coisa para qualquer um deles, além dos grandes e sábios Seres Anciões que finalmente despertavam a Terra para o que ela realmente era, o lar adotivo de todas as espécies parasíticas que a habitavam pelos últimos milhares de anos e que agora seriam despejadas de uma vez por todas para que os donos do planeta pudessem voltar de seu longo sono, onde nós éramos os sonhos.

Ícaro entende então, pela primeira vez em sua vida, porque nunca se sentiu em casa ao lado do pai e dos irmãos. Não tinha a ver com uma diferença de gostos e de geração. Era o sangue, era sua própria existência que não tinha a ver com aqueles com quem ele compartilhava o teto e o sobrenome. Ele era de outro lugar e, como Aziz, logo também estaria em outro lugar.

Pois o que seu pai, Aziz, o seu verdadeiro pai, lhe explicava agora era que poucos escolhidos seriam levados para Plutão, onde uma missão mais avançada dos Seres Anciões já se encontrava instalada há muitas eras. Mas, para isso, eles precisariam abrir mão de seus corpos, deixando apenas que a consciência prevalecesse.

Então, Ícaro percebe que para finalmente entrar para a família que era a sua e que finalmente tinha encontrado, ele precisaria perder muito mais do que a língua. Todos os desejos, todas as sensações e percepções relacionadas ao corpo precisariam ser abandonadas para que ele adentrasse um novo reino. E ele aceita.

– Isso não faz sentido – Azizim reclamava com a irmã Celeste, enquanto Rafa e Juca ouviam de trás de um celeiro abandonado próximo à Torre.

Os dois, Juca e Rafa, esgueiraram-se por toda a fazenda, enquanto funcionários recolhiam os corpos não devorados pelos urubus, até conseguirem aproximar-se da estranha edificação.

– Você ainda está buscando significado nas ações do nosso pai? Eu já desisti faz tempo disso.

Azizim e Celeste são um caso típico de busca sem frutos pela aprovação paterna. Quando a mãe dos dois se cansou de seu pai e o deixou, eles ficaram contra ela e junto do pai, fechando completamente o seu mundo quadrado para ela, que nunca mais viram. Todos os seus sentidos foram embotados nesse desleixo em relação aos outros; dos estudos aos amores, sempre o que prevalecia era a vontade do pai. Mas enquanto Azizim era muito fraco e burro para assumir os negócios do pai, Celeste... bem, Celeste, mesmo sendo a mais velha, era muito mulher para isso. E, ainda assim, eles sempre ficaram ao seu lado, até quando o Grande Fim aconteceu e ele se converteu a uma estranha e antiga religião e eles sentiram que isso comprometeria tudo, inclusive todo o império que achavam que um dia herdariam.

– Mas para que toda essa trabalheira, bancando a reativação dos trens, se nós não vamos tirar vantagem disso?

Vantagem, Rafa pensa, *é a única moeda que faz sentido pra essa gente.*

Rafa e Juca, que também achavam que aquela era uma maneira de se conseguir sair de Mucarágua com alguma segurança e retomar contato com as cidades vizinhas e o mundo lá fora, não entendiam muito bem do que os irmãos estavam falando, mas continuavam a ouvir com atenção.

– O que eu não entendo é pra que ele quer levar esse bastardinho com a gente – diz Azizim.

Celeste ri do irmão.

– Você está preocupado em não ser mais o preferido do papai?

– Vai se ferrar. Eu tô falando sério aqui.

– Eu acho que faz sentido.

– Como assim?

– Presta atenção. Papai quer que a gente o acompanhe. Ele já estava doente há muito tempo e abraçou a oportunidade oferecida pelos Anciões de ter a consciência transferida...

– "Transferida"? – Juca sussurra para Rafa que, também não fazendo ideia do que eles falavam, coloca o indicador na boca, mandando que o outro fique em silêncio e continue ouvindo.

– Então, pra ele – Celeste continua – foi um bom negócio. Dessa forma, ele continuará vivo mesmo sem o corpo.

Juca arregala os olhos.

Azizim responde à irmã:

– Eu não sei se quero fazer isso.

– Eu também não. Mas faz sentido que ele tenha feito primeiro com o... bastardinho.

– Ele não é irmão do...

– Do coveiro assassino. E nosso.

Agora é Rafa quem arregala os olhos. Ela e Juca entreolham-se e, uníssono e em silêncio, seus lábios formam o nome de Ícaro. Os dois continuam falando e Rafa percebe que sua demissão não tinha a ver com a mudança brusca nas atividades da fazenda, com as quais ela provavelmente não se importaria, desde que continuasse trabalhando, mas com o fato de que a queriam afastada dali para que pudessem conquistar seu irmão para aquele... experimento.

Nesse momento, Juca e Rafa ouvem passos apressados vindo de dentro da casa grande da fazenda, agora convertida em uma espécie de templo. São sacerdotes de amarelo, uma grande quantidade deles, que se encaminham exatamente na direção dos dois. Protegidos por um ponto cego, ambos prendem a respiração, esperando que assim conquistem alguma invisibilidade, enquanto Azizim e Celeste são cercados.

Tudo acontece muito rápido a partir de então. Os monges empunham lâminas que não se parecem exatamente com facas, mas sim com lascas de um metal de cor desconhecida, com os dois irmãos ao centro de um círculo perfeito.

– O que é isso? – Azizim pergunta, olhando para a irmã, apesar de os dois saberem bem do que se trata aquele momento e o que os aguarda nos próximos instantes.

E, então, os dois começam a ser esfaqueados de forma padronizada, os mesmos pontos vitais acertados num e noutro, enquanto os sacerdotes entoam suas orações: – N'gah-Kthun! N'gah-Kthun!

Enquanto Juca e Rafa permanecem em silêncio, praticamente sem respirar. E, quando tudo acaba, os sacerdotes retiram-se. Já estão chegando à casa quando os urubus começam a avançar sobre os corpos do casal de irmãos.

urubu tá com raiva do boi

1 Agora o corpo de Ícaro aproxima-se de suas funções últimas. Em breve, Aziz lhe explica, quaisquer indecências e vergonhas a que a mente humana prende-se serão parte do passado para o rapaz. Mas, por enquanto, ainda há a dor.

Se perder a língua não foi exatamente um processo doloroso, o fim de suas funções hepáticas é um tormento inesperado. A icterícia, uma coceira intermitente que não permite a Ícaro se concentrar nas palavras metalizadas vindas do cilindro, e que logo o está forçando a permanecer de pé naquele salão escuro que, cada vez mais, lhe parece com uma câmara de horrores.

– *Ezzzzzze é um momento iiiimportante para zzzua vida.*

Em meio à dor, Ícaro pergunta-se como aquela voz pode ser tão calmante, serena e, principalmente, amável. E a voz, que escuta seus pensamentos, diz que, embora nunca tenha lhe dado o amor paterno que ele merecia, agora lhe concedia algo tão grandioso que só o mais amoroso dos pais poderia dispor defronte a um filho perdido.

– *Vozzzê voltou paraaa cazzza, Ícaro.*

Embora não estivesse acostumado aos abraços de um pai, o rapaz sentia que aquele cilindro, incapaz de esboçar emoções, lhe dava um forte e apertado abraço paterno. E ouvia com atenção enquanto a consciência preservada de Aziz contava-lhe sobre como poucos homens tiveram aquela oportunidade nos séculos passados, de como o contato dos Mi-Go deixou de acontecer com pesquisadores, curiosos e meros servos do oculto para, finalmente, dar-se com ricos e poderosos que, de fato, ajudaram a mergulhar o inconsciente coletivo do mundo em uma jornada de destruição que culminou no Grande Fim. Ícaro entendia que finalmente poderia ser algo mais em sua vida. Mesmo que para isso ele tivesse que se tornar algo menor – menos que ele mesmo e mais como um dos sacerdotes de amarelo, que abriram mão das próprias identidades para agirem como profetas da nova realidade, a única que sempre existira. Mas, Aziz o advertia, enquanto os sacerdotes continuavam a ser homens, penando com suas formas humanas e suas falhas, a conversão a que ele tinha se submetido – e que agora era oferecida a Ícaro – era maior e mais importante. Ele seria imortal, capaz de observar e registrar todo o conhecimento do mundo, entregar-se a uma jornada totalmente diferente da dos heróis de outrora, porque não haveriam provações que pudessem derrotá-lo, não existiriam tentações no deserto caso ele aceitasse aquele caminho. O mundo que se abria diante de Ícaro era, muito mais do que novo, completo e imune a quaisquer doenças que o tempo e a condição humana traziam consigo. Sobre este mundo, um escritor argentino cego certa vez escrevera:

"Como seriam seus habitantes? Que buscariam neste planeta, não menos terrível para eles do que o é para nós? De que regiões secretas da astronomia e do tempo, de quais crepúsculos ancestrais e agora incalculáveis, eles vieram a alcançar esse subúrbio sul-americano nessa precisa noite?"

Contando com muito menos sabedoria que os olhos cobertos de catarata do escritor, a Ícaro restava colocar-se diante deste novo e admirável mundo e dizer:

– Sim.

2   *O prato sobre a mesa fumega, todos ainda estão se acostumando com os novos sabores e os efeitos que a carne do gado besouro geram quando ingeridos. Os novos arranjos da casa, com Ícaro cuidando da cozinha enquanto Rafa e Malaquias trabalham, ainda não foram vocalmente expressos, mas, com a recusa dele de sair de casa e a necessidade de que os outros dois deem aporte financeiro para o lar, é o bastante para que um acordo tácito seja formado.*

Desde que a mulher morreu, Malaquias não consegue olhar para os filhos. Principalmente para Rafa, a primeira a esquecer-se das orações de antes do Grande Fim, que enterrou a própria fé no quintal de casa quando ainda era uma adolescente e recusou-se a fazer a primeira comunhão, arremessando o terço dado pela mãe em uma árvore, onde ficou pendurado por seis dias e sete noites, até que o filho mais velho pegou-o e passou a usá-lo no pescoço mesmo depois de convertido à fé amarela que o enlouqueceria e, por fim, desgraçaria sua família.

O silêncio à mesa de jantar agora era uma constante. Palavras brotavam nas gargantas dos irmãos e do pai, mas sempre morriam conforme os garfos aproximavam a comida amarga de seus lábios. Isso continuaria assim por muito tempo...

3 ...e Malaquias lamentaria por isso por todo o pouco tempo que lhe restaria de vida.

Vida que – ele pensa, acordando todo arranhado e coberto por pelos cinzentos que o fazem espirrar sem parar – já poderia ter acabado.

Onde estava?

O cheiro lhe era familiar, mas mal podia mover-se e tinha certeza de que se aceitasse permanecer naquela posição, seria a última vez em que ficaria em alguma posição, seja lá qual fosse. Enquanto seus olhos acostumavam-se à escuridão, algo cada vez mais comum para os membros da família Dédalo nos últimos tempos, Malaquias se dava conta de que havia um mínimo de luz vindo da direção de seus pés. E enquanto percebia isso e arrepiava-se, percebendo onde estava, uma mão peluda e comprida tocou-o sob a calça, na altura da panturrilha.

– QUE BOM QUE ACORDOU, AMIGUINHO.

Então, não teve dúvidas, estava em uma gaveta mortuária. Uma das que ele vinha continuamente alimentando com cadáveres nos últimos anos, desde o Grande Fim. Uma das gavetas que eram continuamente saqueadas durante as noites verdes...

– POR QUE VOCÊS INSISTEM EM CHAMAR ISSO DE O *GRANDE FIM*, AMIGUINHO?

...pelas mesmas grandes mãos que agora puxavam Malaquias com uma bruta delicadeza para fora. Era tanta força contida ali que era impossível não deixar escapar um pouco da violência. Então, embora ele tenha se arranhado na superfície de cimento e também tenha ficado com a panturrilha doendo por semanas, uma parte sua também ficou grata pelo carniçal ter se contido.

– SE EU FOSSE VOCÊ, FICARIA DE OLHOS FECHADOS, AMIGUINHO.

E assim ele fez.

– VOCÊ NÃO DEVERIA BRINCAR COM OS ACEPIPES – disse um outro.

– ELE NÃO É ACEPIPE. ELE TRAZ COMIDA, É AMIGUINHO – respondeu a criatura que o puxava.

– AS MÃES HUMANAS DIZEM PARA NÃO BRINCAR COM A COMIDA.

– JÁ FALEI QUE ELE NÃO É COMIDA. FIQUE QUIETO. EU QUERO FALAR COM ELE.

– S-sim? – Malaquias respondeu, contendo-se ao máximo para implorar que não fosse comido.

– JÁ DISSE QUE NÃO VAMOS TE COMER, AMIGUINHO. VOCÊ É QUEM NOS SERVE, VOCÊ É QUEM TRAZ COMIDA PRA GENTE.

– ISSO, ISSO, ISSO.

– NÓS GOSTAMOS DE VOCÊ – as vozes agora eram muitas, cercando-o.

– NÓS QUEREMOS QUE VOCÊ ENTENDA QUE O MUNDO NÃO ACABOU. ELE APENAS COMEÇOU DO JEITO QUE ELE SEMPRE DEVERIA TER SIDO. O MUNDO QUE VOCÊ CONHECE É UM SONHO, UM SONHO TERRÍVEL DO QUAL A PRÓPRIA HISTÓRIA TEM TENTADO ACORDAR. VIDA É UM CONCEITO MUITO LIMITADO QUANDO PENSADO APENAS NAQUILO QUE RESPIRA, CRESCE, MULTIPLICA. A VIDA ESTÁ TAMBÉM NESSES SONHOS, NESSAS INFESTAÇÕES. A VIDA CRESCE EM TODO CANTO, DENTRO E FORA DA MENTE. OUTROS MUNDOS CRESCEM AGORA NO MUNDO QUE VOCÊ CONHECEU UM DIA. UMA OUTRA REALIDADE CRESCE DENTRO DA SUA CONSCIÊNCIA, AMIGUINHO.

– E-eu não entendo – diz Malaquias, ainda fechando os olhos.

– ENTÃO OLHE – responde a voz mais próxima, daquele que o segurava pela canela e agora o ajudava a ficar de pé. – APENAS OLHE. E PENSE NO QUE VOCÊ MAIS GOSTAVA DE FAZER QUANDO O MUNDO AINDA ADORMECIA.

E Malaquias começa a abrir os olhos, vendo diante de si o céu esverdeado começar a ficar amarelo, lembrando-se de como eram os amanheceres no mundo que existia antes daquele, grato por poder ver aquilo, mesmo que lhe parecesse tão estranho, mesmo que ainda não estivesse acostumado àquela nova realidade que se descortinava todos os dias diante de si. E, pelos cantos dos olhos, ele conseguia enxergar as criaturas que poderiam tê-lo obliterado naquela noite sem estrelas, mas que preferiram deixá-lo vivo. E, sem saber se o deixavam vivo para que se divertissem, como os gatos fazem com suas presas antes de devorarem-nas, ou se realmente davam a ele uma nova chance para viver, Malaquias observou-os de esguelha, voltavam para os túneis secretos sob os túmulos, onde sempre estiveram e de onde sempre sairiam quando tivessem fome.

Bateu na roupa, tirando a poeira do cemitério, e, mais vivo do que nunca, saiu dali. Seus filhos precisavam de ajuda e ele sabia exatamente o que precisava fazer.

Depois de testemunharem os filhos de Aziz sendo mortos pelos sacerdotes de amarelo, Juca e Rafa continuaram em silêncio, escondidos, esperando que os monges lutassem contra os urubus para reaverem os corpos, que levaram para dentro da Torre, onde seriam integrados à própria estrutura.

– O que você acha? – A pergunta de Juca rompe o silêncio imposto pelos dois.

– Eu não acho nada. Você que é o professor.

– E o que isso quer dizer?

– Não sei. Você acha que o Ícaro tá vivo?

Juca olha na direção da Torre, correndo os olhos na direção dos urubus agitados e para a casa principal. Finalmente, cofiando o cavanhaque mal-aparado que é a única coisa que cresce na sua cara, diz:

– Pelo que aqueles dois disseram antes de virar comida de urubu, acho que é provável. Mas eu também acho que, assim como eles não esperavam que fossem terminar daquele jeito, pode ser que o mesmo tenha acontecido com o seu irmão. Ou até – e aqui ele faz um gesto que considerava extinto, o sinal da cruz –, quem sabe, pode ser que tenha acontecido algo pior com ele.

– Pior que morrer?

Agora é Rafa quem se recusa a pensar em qualquer possibilidade em que não encontrará o irmão são e salvo.

Juca, que conhece bem a teimosia dos Dédalo quando se trata da morte, não insiste:

– Está bem – ele diz. – Pra onde devemos ir, então?

Como Rafa faz cara de quem não entendeu a pergunta, ele aponta na direção das construções ali perto.

– Você quer dizer se vamos pra casa ou pro monte de cocô?

– Eu também pensei no celeiro, mas é isso mesmo. Você decide.

Rafa olha para a casa, onde uma litania é entoada pelos mesmos sacerdotes que há pouco mataram os irmãos, filhos de Aziz.

– Pra lá, então – ela diz, apontando para a Torre.

E os dois seguem, com cuidado, em direção à Torre que está sendo construída para receber a mais poderosa e sinistra das criaturas do vasto cosmos. E eles fazem isso sem sequer terem um plano.

o silêncio diz

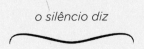

1 A garganta coça.
A cabeça de Ícaro girava, e não era um giro qualquer. Como parte dos preparativos para tornar-se um embaixador-não-sei-das-quantas da Terra em uma outra dimensão bem para lá de Plutão, ele tinha que se submeter a uma série de sessões analgésicas em que tinha visões com uma espécie de larva superconsciente implantando cabeças e membros em troncos sem sexo, que cresciam para tornar-se cada ser humano que ele já havia conhecido.

Pensa só, é um gancho perfeito para a história seguir adiante. Mesmo depois de perder tudo, o herói da história ainda acredita que existe uma chance de que alguma coisa aconteça e que ele vai poder se redimir.

O efeito do analgésico está passando e Ícaro sente-se como um lustre em que o Robin Hood balançou-se. Quer vomitar, mas não pode. Agora, ele sabe, não importa muito o que tinha em mente quando pensava no futuro, porque o presente que cai sobre ele é tão cheio de nós que não o deixara ir para lugar e tempo algum sem que pense naquele momento. Quando decidira abrir mão de tudo que era e conhecia para transformar-se em...

O que é isso?
É a última vez que será capaz de raciocinar sem que seus pensamentos escapem pelo aparelho que foi instalado em sua garganta.

Aquela era uma tecnologia antiquada e estranha que não fazia mais muito sentido, mas ele estava submetendo-se àquilo assim mesmo. Ícaro sabe que não tem volta e vai assim mesmo. A primeira coisa que pensa em voz alta é:

– *O que zzzerá que o Jjjuca ia penzzzar dizzzzo?*

Apenas dizer aquilo o encheu de uma dor tão excruciante que compreendeu de uma vez por todas a razão de não ter mais um corpo. Era melhor se reduzir a uma consciência no tonel. Igual a Aziz. *Azzzizzz.* O seu pai. *O meu pai.*

Vai te matar.

E então os gritos de Ícaro vão a toda. Rasgando o céu e tremendo a terra.

E sendo ouvidos por sua irmã. Pois, como um fio de Ariadne, seus gritos correm pelos corredores tortuosos da Torre, percorrendo muitos metros até enfraquecerem, mas não sem antes serem ouvidos por Rafa, que, com a maior facilidade do mundo, tinha entrado sorrateiramente no tortuoso edifício com a ajuda de Juca. Os dois já tinham percorrido cem metros dos labirínticos corredores quando ouviram o grito de Ícaro e ficaram ainda mais perdidos.

– Pelo menos sabemos que estamos na direção certa – diz Juca, num otimismo quase inoportuno.

– Não – Rafa diz, irritada e nervosa. – Só sabemos que precisamos nos apressar, senão--

E não consegue terminar a frase porque um grupo de sacerdotes de amarelo viram a esquina e ficam olhando para eles, sangue nos olhos – se sangue fosse amarelo e tivesse a textura do pus. Rafa nunca saberia dizer que tipo de espírito apossara-se de Juca naquele momento, mas ela podia jurar que seria a última vez que o veria, porque, de repente, parecia que o antigo professor – mais famoso pelo tanto que bebia do que pela quantidade de alunos que aprovava – tinha dobrado de tamanho e estava pronto para fazer algo que não se esperava dele. E Juca pula sobre os monges.

Mas não um salto qualquer. Como um mestre, ele tomou impulso e jogou-se de lado, derrubando o monge da frente e empurrando com sucesso o séquito que o seguia, imediatamente dobrando-se sobre o grupo numa distribuição bem-sucedida e distribuída de chutes, socos e sopapos que deixaram todos estupefatos, enquanto diz:

– Vai, Rafa! Acha seu irmão e cai fora desse lugar fedendo à merda. – E, dando uma cabeçada em um sacerdote, arrematou: – E cuida do seu pai.

Mas a última coisa que passava pela cabeça de Rafa era a ideia de cuidar do pai. Ainda estava fula da vida com ele e, ao que parecia, ela, ele e o irmão morreriam antes que pudessem acertar os seus ponteiros. E, sinceramente, não havia problema nenhum para ela se as coisas acontecessem daquele jeito.

Na verdade, enquanto corre pelos corredores da Torre, sendo guiada exclusivamente pelos gritos de dor do irmão mais novo, Rafa só consegue pensar em uma coisa: a vela verde.

Fora um sonho recorrente que tivera nas primeiras semanas depois do Grande Fim. Nele, a mãe aparecia na cozinha, preparando um cozido ainda mais fedido do que aqueles que eram feitos por Ícaro com a carne de besouros que ela trazia da fazenda todos os dias. Ela andava devagar, arrastando os pés, como fosse bem mais velha do que era quando morreu. Seus olhos verdes também pareciam mais apagados, como chamas extinguindo-se, que Rafa logo notava que também acontecia com os olhos do pai e dos irmãos. Sim, Perdiz também estava na cozinha naquele sonho. E a cozinha era o único mundo que permitia e acolhia aquela família amaldiçoada e tão repleta de silêncios atordoantes. E então, Rafa notava a vela verde na janela, a mesma que seu irmão costumava acender no começo das noites esverdeadas para avisar aos predadores de que aquele era um lugar habitado e que não deveriam entrar. A mesma chama verde que todas as casas de Mucarágua tinham acesas em suas janelas. E Rafa pensava que seria uma boa ter aquela vela ali, que ela poderia acendê-la e garantir para si alguma segurança naquele mar de loucura e paranoia, cujas ondas começavam a bater com força dentro de si.

E bem nesse momento, quando as chamas verdes da memória ardem dentro de seu espírito, sua visão exterior também capta uma forte luminosidade verde e fumegante atingindo em cheio uma parede bem diante dela, logo antes de uma curva. E ela escuta versos que falam sobre *"Uma habitação cercada pela mata próxima a um morro..."* e não consegue deixar de pensar que talvez seja sobre sua casa que a voz solitária entoa no pequeno salão em que ela, devagar, coloca a cabeça para dentro.

E Rafa vê um sacerdote de amarelo de joelhos, de costas pra ela, orando:

– ... *tábuas tão velhas que rescendem à morte, espalhando-se pelas telhas, verdes e geladas, estranhamente alimentando-se...*

E, diante do sacerdote, brilhando, Rafa vê um estranho trapezoedro dodecagonal, que ela não identifica de cara, mas que carrega cores diferentes para suas vinte e quatro faces, duas delas brilhando mais fortes enquanto ele gira como um pião. Amarelo e verde em uma sinfonia hipnotizante que contagia Rafa, mas não tanto quanto contagiou o sacerdote. Enquanto se aproxima, completamente apaixonada pela ideia de tocar na pedra polida, ela chega a pensar que talvez ainda não tenha sido totalmente controlada por aquela construção aritmética

impossível de ser planejada, que talvez ainda tenha alguma chance...
Mas não tem.

Quando dá por si, está ajoelhando-se ao lado do sacerdote, os joelhos doendo pelo chão irregular, suas mãos incontroláveis espalmando-se sobre a pequena mesa onde o trapezoedro está e sua visão nublada pelas cores. *O verde violentou o muro*, pega-se pensando sem saber exatamente no quê. E, então, sua mão toca na mão do sacerdote de amarelo e, por um momento de nada, ela entende que a chegada do Rei de Amarelo é necessária, que a construção daquela torre é inevitável, que os céus nunca mais voltarão a ter as cores que tinha antes e que está tudo bem com isso, que o melhor agora é se ajoelhar e se deixar se preenchida por aquela sensação inevitável, perfeita e única que ela conhece como a loucura que destroçara seu mundo, que aquele é o caminho, aquele contato, aquela possibilidade de fazer parte de algo, estar junto a outros que entendem, abraçam e sentem sem sentir tudo o que há para sentir, aquele vazio verde que a pedra oferece, e que agora é rompido.

um besouro na minha mão

1 Seja lá o que fosse que estivesse acontecendo, acabou. Rafa consegue desviar o olhar do trapezoedro para a mão do sacerdote e percebe que a pele agora não passa de pus e feridas, insetos entrando e saindo, saindo e entrando, da luz verde para a escuridão vermelha. Sem dizer uma palavra, ela rapidamente tira sua mão da do sacerdote, fazendo com que o besouro caísse no chão. Como os da mão do sacerdote agitavam-se, Rafa tratou de pisar com força sobre ele, atraindo a atenção do sacerdote para si. E agora ela podia ver que o seu rosto também estava coberto por insetos, que se arrastavam velozmente, entrando e saindo das narinas, boca, ouvidos e dos olhos que um dia estiveram lá.

Paralisada de medo, ela fez a única coisa que podia, voltando o olhar para o trapezoedro, onde viu a luz verde erguer-se como chama, um tentáculo de fogo que subiu e desceu até os seus olhos, inchando-a com o conhecimento...

...de que Ícaro estava prestes a ser desincorporado, para ter a consciência abrigada em um cilindro que o privaria de toda emoção...

...de que o pai estava com os cabelos brancos de medo e que agora corria para longe da casa e longe da fazenda, na direção da velha garagem onde ficava o ônibus que dirigia quando trabalhava para a escola...

...de que Juca tinha sido pego pelos sacerdotes e que agora eles o torturavam, fazendo com que engolisse insetos vivos...

...um conhecimento que Rafa respondeu da única maneira que a filha do meio de uma casa cheia de homens poderia, levantando-se e dando um belo dum pontapé no meio das pernas daquele sujeito com a cara carcomida e coberta de insetos. E enquanto pequenos besouros voavam para tódo lado, ela pegou o trapezoedro e saiu correndo.

– Foda-se essa porra.

"Foda-se essa porra". Tal pai, tal filha. Dizem a mesma coisa e nem se dão conta disso.

Mas enquanto Rafa pensa que ele não está nem aí para ela, Malaquias só faz pensar nela. Nela, nos seus irmãos, em Juca e na falecida esposa, cuja voz finalmente começa a ceder espaço em sua cabeça para o seu próprio pensamento. Enquanto seu pesar de viúvo o fazia seguir com a corrente, manter-se quieto e viver um dia de cada vez, agora que fora poupado pelos carniceiros, sentia-se vivo e pronto para arriscar-se.

E era justamente o que estava fazendo agora. Sem nenhum plano, nenhuma expectativa, lá ia ele, pronto para invadir o pátio da escola onde trabalhou até alguns anos antes do Grande Fim, quando fora forçado a demitir-se.

Malaquias desce correndo o caminho que por tantos anos fizera com calma, um atalho escondido atrás do pátio da escola, entre o cemitério e sua casa. Quando chega à velha quadra de esportes, surpreende-se ao descobrir que a grade não fora violada de nenhuma maneira. Com esforço, escala o traçado de arame, parando no meio para checar a altura em que está e também o terreno ao redor, tendo certeza de que ninguém o está vigiando. Enquanto passa a perna por cima da tela, pensa que está cometendo um grande erro e que, naqueles dois anos, é bem provável que não tivesse restado nada na escola. Ele mesmo chegou a cogitar com Juca invadir o lugar e roubar alguns equipamentos, mas logo desistiram quando viram que a energia elétrica não ia voltar. Então, é com alguma desesperança que Malaquias desce o restante da grade, sem importar-se com os machucados e beliscões que o trançado do arame provocam em suas mãos e pés. Quando pisa na grama do outro lado, nem se assusta por pisar em... grama. Era mesmo como se as coisas estivessem voltando ao normal. Conforme se aproximava da garagem, uma sensação de mundo antes do Grande Fim crescia dentro de si.

E ele sabia que tudo ficaria bem.

2 Mesmo que tudo tivesse que ficar bem ruim antes disso. Porque agora não tinha mais volta. As ações de Rafa poderiam gerar reações que ela nem imaginava, mas como não havia mais nada a se fazer, ela só aceitou isso e partiu com tudo. Nem precisava olhar para trás para saber que o sacerdote que chutara não ia se levantar, mas também não havia muito com o que se preocupar quanto a isso, porque ela achava mesmo que ele estava morto desde bem antes. Também não precisava olhar para trás para saber que os insetos que o sustinham já não estavam mais dentro dele e, assim como o besouro que subira em sua mão, também estavam saindo do corpo e começando a se juntar fora dele.

Se tudo der certo, ela pensa, *quando eles tiverem força para fazer alguma coisa, eu já vou estar bem longe daqui.* Mas a verdade é que não acredita nem um pouco nisso. Nos últimos dois anos, a única coisa em que acreditava piamente era que as coisas dariam errado. Mesmo assim, ela tinha que tentar. Mesmo assim, com tudo contra ela, Rafa precisava salvar o irmão.

Mas, antes, precisava de ajuda.

Era onde Juca entrava na história. Mestre Juca, que sempre esteve lá quando sua família precisou, que segurou a onda de seu pai enquanto ele ia pouco a pouco enlouquecendo, que prontamente se juntou a ela quando decidiu que resgataria o irmão. Então, com o conhecimento recém-adquirido graças ao trapezoedro, Rafa vira para a esquerda ao invés da direita e vai resgatar o amigo antes do irmão, pois ela sabia que essa era a única maneira deles saírem dali com vida.

Não é verdade que conhecimento traz poder, mas ele traz os meios para se evitar alguns grandes problemas. Então, quando chega diante da porta em que Juca estava, Rafa tira a pedra multifacetada do bolso e olha para ela, na esperança de ver o que se passava do outro lado. Mas em vez de ver Juca, o que ela vê é uma praia de águas verdejantes, passos na areia e pés tatuados que ela conhece bem. Enquanto a água vai e volta, com a areia avolumando-se ao redor daqueles pés, Rafa olha para o alto e vê a única pessoa que realmente amara nessa vida: Camila.

Por um breve instante, ela chega a considerar levantar a mão e tocar nos cabelos da outra, mas tão rapidamente quanto fora enviada para aquele lugar, estava de volta ao corredor escuro da Torre, onde, do outro lado de uma porta feita de carne e vegetais, ela ouve gritos. Por um momento, Rafa ficou apavorada, achando que era tarde demais e que Juca estava morrendo lá dentro. Então, ela percebe que o grito não era dele, pois Juca está falando enquanto os gritos continuavam:

– Manda mais, seu bostinha. Eu já comi tanajura da lavagem enquanto tava bêbado na casa da minha tia Patrícia.

Então Rafa olha ao redor e, sem nada para usar para ajudar a abrir a porta, ela usa o próprio trapezoedro, que é tão duro quanto parece. E quando abre a porta, ela encontra Juca amarrado, com um sacerdote coberto de insetos, como aquele que ela encontrara pouco antes, gritando como se precisasse tirar a mãe da forca. E Juca está violentamente mastigando os insetos de sua mão, que agora está presa entre seus dentes. É uma imagem e tanto.

O sacerdote está realmente apavorado, seus gritos são como um enxame. De todas as vezes que os Mi-Go aportaram no planeta desde os tempos mais remotos, é provável que nenhum deles jamais tivesse conhecido o medo como aquele ali estava sentindo agora. E Juca seguia mastigando.

Rafa então bate com a pedra na cabeça da criatura, fazendo com que sua roupa caísse de uma só vez, milhares de insetos zunindo e fugindo para se esconder, enquanto Juca olha para ela, ainda mastigando.

– *Qui cê tá fazeno* aqui?

Ela o solta, um sorriso misturado a uma ânsia de vômito à qual ele mesmo se entrega tão logo que pôde.

– Desculpa, Rafa.

– Você tá bem?

– Acho que vou precisar usar o banheiro depois disso, mas tô melhor que esse traste aí.

– Te falar que por essa eu não esperava.

– Nem eu. Mas quando o puto botou a mão na minha boca, eu só pensei em mastigar ele. E continuei mastigando enquanto ele ia ficando mais nervoso comigo. Parece que deu certo. Mas chega disso, que pedra é essa aí?

Rafa coloca o trapezoedro de volta no bolso.

– Não é nada.

– Se você diz... Bora lá tirar o Ícaro desse hospício?

– Bora.

Os corredores são familiares agora. Rafa nem pensa nisso enquanto guia Juca por eles, mas ela sabe exatamente para onde está indo.

Olhando para ela, Juca pensa nos poucos gatos que sobraram depois do Grande Fim, como era raro que eles aparecessem e, quando apareciam, sempre pareciam saber exatamente onde estavam. Ao contrário da maioria dos animais, que sempre lhe pareceram muito bobos, quase idiotas, Juca achava que os gatos tinham algo de especial. *Somos os gatos por dentro*, ele se lembra de ler isso em um pequeno ensaio do mesmo pesquisador que traduzira o Neuronomicon. Mas Juca não sabia disso. Como a maior parte das pessoas, o mundo tinha acabado sem que qualquer um tivesse tido a decência de explicar-lhe o que estava acontecendo. Se o Grande Fim tivesse sido o Apocalipse bíblico, vai ver ele até conseguiria entender o que estava acontecendo. Mas não, aquele era um mundo onde comer insetos e mofo e beber leite de criaturas mutantes e água de um solo envenenado era o jeito de continuar existindo nele. E Juca estava muito cansado naquele momento para pensar em quaisquer dessas conexões, esse momento

112 O APOCALIPSE AMARELO

ainda chegaria. No futuro, ele será o responsável para que tudo seja entendido e os mistérios, revelados. Mas agora não, agora ele ainda está correndo naquele corredor com Rafa, os dois parando diante de uma porta, ele confiando completamente nela, que parecia tão mais segura, pronta para tomar a dianteira.

E por tanto tempo pensei que era um mestre pra Ícaro, Juca pensou enquanto o pé de Rafa afundava a porta improvisada feita de matéria viva. *Eu sou mesmo é o aprendiz.* E entram numa sala vazia.

3 Continuam ouvindo os gritos quase robóticos de Ícaro. Definitivamente, era a voz dele que ouviam, mas como se atravessando centenas de quilômetros de fios telefônicos em uma conexão discada do começo do século. Ficam olhando para o cômodo de medidas irregulares e vazio e um para o outro.

– Essa é uma daquelas situações em que você descobre que é tudo uma ilusão? – Rafa diz, tirando o trapezoedro brilhando e quente do bolso mais uma vez. A peça começa a soltar feixes de luzes por suas faces.

Juca sentia-se velho, mais acabado que nunca, logo teria que vomitar de novo, mas quando vê Rafa desferindo um chute no ar e acertando um sacerdote de amarelo de outra dimensão, brevemente iluminado por um dos feixes, teve certeza de que tudo tinha fugido do controle e parou de pensar nisso. E, de fato, até o dia de sua morte, afogado, nunca mais pensará na própria idade.

E ele e Rafa viram quando toda a sala mudou; como duas portas com espelhos em que uma se fecha, o infinito de reflexos diminui para um, e lá estava Ícaro, deitado em uma maca. Era como uma sala refletida, a entrada por onde haviam acabado de passar estava do outro lado agora, mesmo uma pequena pinta que Juca tinha perto do nariz estava do lado oposto. Uma sensação de náusea profunda começa a tomar conta dos dois, principalmente de Rafa quando viu o aparelho de comunicação alojado onde antes era a garganta de seu irmão mais novo.

Ao redor de Ícaro, dois grandes sacerdotes, com os corpos totalmente tomados por insetos, continuam o procedimento, parecendo operá-lo com ferramentas que escapam à compreensão. Juca acha mesmo ter visto o corpo do rapaz ficar transparente por um momento, seus órgãos flutuando como se fosse uma radiografia animada, um doentio jogo de operações. Sem pensar duas vezes, Rafa e Juca partem para cima dos inimigos. Se eles quisessem continuar atacando Ícaro, teriam que passar por eles antes.

Ao contrário do que os dois pensavam, apesar de doloroso, o procedimento não era feito sem a anuência de Ícaro, tampouco visava a matá-lo. Naquela altura, ele estava grato por ser levado daquele estágio

UMA TORRE PARA CTHULHU 113

larval da consciência humana para algo superior. Sua mente estava para tornar-se uma borboleta, livre do chão que aprisiona todos os outros. Era imprescindível passar por aquilo para que tivesse alguma paz. Nunca havia encontrado o amor, a família que julgava como sua... ele próprio não passava de uma farsa diante dos próprios olhos. O mundo que um dia pensou que poderia conquistar agora estava destruído. Então, se pudesse falar, se estivesse desperto, Ícaro diria que o deixassem em paz. Mesmo que não conhecesse aquele novo pai que se apresentara a ele na forma de um latão de lixo falante, era a mudança que ele queria e a maneira como via de conquistar um pouco de paz, viajar e explorar alguma coisa do mundo. Mesmo que não fosse o próprio mundo.

Inconsciente do que se passava ao seu redor, o corpo de Ícaro, agora disputado por Rafa, Juca e as criaturas tomadas por insetos que, agora ele sabia, poderiam assustar os outros à primeira vista, mas eram praticamente inofensivas. Mesmo que estivessem na Terra há milhares de anos, influenciando e criando possibilidades para a aparição de outras entidades como eles, abrindo caminho para a chegada dos Seres Anciões que deram início ao Grande Fim – que, agora ele sabia, ainda não estava completamente realizado. A própria Torre onde estavam agora, Ícaro descobrira enquanto sua consciência era arremessada de um corpo inútil para um suporte mental temporário e, depois, de volta para o corpo, era uma espécie de coletor de sinais que visava a ajudar a materialização de uma das entidades mais antigas e esperadas para ressurgir no planeta. Porque eles sempre estiveram aqui, o sonho que foi a existência humana apenas os fez serem esquecidos por algum tempo, mas agora estava chegando o momento do despertar e tudo voltaria ao normal muito em breve.

Da mesma maneira que o próprio Ícaro estava prestes a despertar, mas não da maneira que esperava. Agora ele estava em seu próprio velho corpo, sentindo as dores de seus órgãos falhando, um desconforto como nada que jamais sentira antes. E... ele estava ouvindo a voz da irmã?

– Larga mão do meu irmão, seu... boca de esgoto!

Sim, era a voz dela mesmo. Virar o pescoço era como carregar o mundo nas costas, doloroso, porém necessário.

E lá estavam Juca, mordendo o pescoço de um sacerdote como um vampiro sedento, enquanto insetos cobriam sua cabeça, agitando-se desesperadamente, e Rafa, no chão, distribuindo socos a esmo contra outro dos sacerdotes, que com uma única mão conseguia imobilizá-la. Há poucos momentos, que poderiam ser décadas ou minutos, Ícaro tinha a impressão de que não se importava com mais nada ou ninguém, que estava pronto para deixar tudo ir embora e abraçar uma nova vida, um novo e diferente mundo. E, com o mesmo esforço com que olhava para esse mundo antigo do lado de fora da sua cabeça, com o mesmo esforço que parecia consumir o restante de energia que seu corpo possuía, Ícaro também via ali perto o cilindro que guardava a consciência de Aziz, o seu pai.

E agora ele percebia que alguma coisa tinha dado errado com a operação, que sua consciência não estava sendo automaticamente transmitida pelo dispositivo em seu pescoço, seus pensamentos não vazavam mais como antes, a sua dor era só sua. E ele pensou em dizer isso para Aziz, implorar para que ele deixasse sua irmã ir, que ele aceitava tudo que lhe era reservado, mas que ao menos ela pudesse ficar viva. E ele achou mesmo que poderia ter dito isso.

Ícaro achou que poderia ter evitado mais derramamento de sangue. Mas, nesse momento, um velho ônibus escolar atravessou a parede.

4 Tal como a quantidade anormal de café que Malaquias tem estocada, o fato de que o ônibus da antiga escola permanecia com o tanque cheio e uma bateria funcionando era um segredo bem guardado. Mas, ao contrário do café, Juca e seus filhos não sabiam disso. Só Malaquias e sua falecida esposa é que detinham as chaves desse segredo. E só ele possuía uma cópia das chaves do ônibus também.

De forma que, ao atravessar as paredes da Torre no final daquela tarde amarelada, guiado puramente pelo instinto selvático do mofo alucinógeno, aquela não era a primeira vez que Malaquias usava o ônibus para passar por um local fechado naquele dia. O mesmo ônibus que, por anos, conduzira para levar crianças em segurança de suas casas para a escola agora tinha sido roubado e era usado para salvar a vida de seus filhos, ainda que quase tenha matado Rafa no processo, já que quando atravessou a parede, por pouco não conseguiu desviar dela.

Felizmente, com a velocidade da qual o álcool o privara por tantos anos, Juca conseguiu desvencilhar-se do sacerdote/criatura que o atacava e puxar Rafa de debaixo das rodas do ônibus a tempo. O mesmo não aconteceu com o sacerdote que a atacava, que foi atropelado e levado a explodir em um enxame de insetos que se espalharam em fuga do cômodo. O ônibus também atingiu o cilindro que continha Aziz, fazendo-o rolar pela sala em um silêncio que nunca mais seria rompido, pois finalmente a consciência dentro dele tinha chegado ao fim graças ao impacto.

Isso fez com que Ícaro soltasse um grito metálico pelo instrumento em sua garganta e tombasse exausto. Enquanto sua consciência ia e vinha, ele viu relances de Malaquias e Juca pegando-o com todo o cuidado do mundo e levando-o para o ônibus, gritando para que Rafa

UMA TORRE PARA CTHULHU 115

tomasse cuidado enquanto ela arrastava o cilindro morto para dentro e, finalmente, Juca vomitando – que era uma coisa que ninguém queria ver.

5 Ícaro acorda no sofá de casa. Seu corpo parece pesado, pernas e braços dormentes, uma amarelidão que ressaltava o roxeado debaixo das unhas, um genuíno ar de fim de festa, como se estivesse passando pela pior ressaca de todos os tempos.

– *O que ezzztá acontezzzendo?*

E os olhares de três pessoas viram-se diretamente para ele. Rafa corre e abraça o irmão, chorando. Juca dá um tapinha no ombro de Malaquias.

– Eu disse que ele ia ficar bem.

– É, você disse – Malaquias responde, sem saber se é verdade.

Rafa para de chorar por um momento e olha para o irmão.

– Você tá bem?

– *Não* – ele responde com uma sinceridade que não pretendia.

Agora é Malaquias quem se aproxima.

– O que eles fizeram com você, meu filho? – ele diz, tocando o pescoço do garoto ao mesmo tempo em que Ícaro vê o cilindro de Aziz caído em um canto.

Com esforço, Ícaro afasta a mão do pai.

– *Ele ia me dar o mundo.*

– Quem? – Rafa pergunta.

– *Meu pai.*

A resposta de Ícaro, apontando para o cilindro, deixa todos em silêncio. Subitamente, todos sabem a verdade. Ainda mais subitamente, Malaquias levanta-se, pronto para dar vazão aos ciúmes que represara por quase duas décadas. Ele se aproxima do cilindro, pega-o com o esforço e levanta-o acima da cabeça, pronto para jogá-lo pela janela.

– Não, pai! – É Rafa quem o impede, entendendo que talvez seja a única maneira de salvar o irmão que, agora ela vê, pode não ter forças para seguir com eles durante muito tempo.

– *Zzzeguir vozzzês pra onde?*

Juca senta-se ao seu lado, Ícaro nota que o sorriso professoral está alquebrado, o que vem dos lábios do mentor é uma explicação tomada por timidez ou medo.

– Nós vamos embora. As abelhas em cima da antena parabólica estão mais agitadas do que nunca, nós achamos que elas estão se comunicando com os outros insetos e devem estar vindo pra cá assim que o dia nascer.

– Pelo menos, é o que isso aqui me disse – Rafa diz, mostrando-lhe o trapezoedro.

– Ela também viu que as estradas estão seguras. Nós só precisamos seguir os trilhos do trem por um tempo e viajar durante o dia – diz Malaquias. Agora, tendo largado o cilindro, ele senta-se ao lado de Ícaro, pegando a mão dele e a de Rafa, que permanece de pé. – Mas antes eu preciso pedir desculpas procês. E procê também, Juca.

– Nada – o velho professor diz, de pé, observando o cilindro como um primata diante de um automóvel. – As coisas se acertaram quando foi preciso. A vida tem dessas coisas, não sabe?

Rafa puxa a mão da mão do pai e olha para o irmão.

– As coisas não vão ser mais as mesmas. Mas vão ser diferentes, entende?

Ícaro assente.

– *Nada zzzerá como antezzz.*

– Pra começar, a sua voz. Tá mais bonita agora.

E Ícaro ri uma risada metálica que quase ensurdece a todos.

Não leva muito tempo para que tirem da casa tudo de que precisam. Roupas, lembranças, quase vinte quilos de café e algumas gaiolas que Malaquias acha que podem servir de alguma coisa na viagem. Juca diz que não precisa passar em casa e os outros lembram-se de que ela se incendiou, levando tudo que restava de sua vida, todas as lembranças, tudo que o definia. Então, ele olha para seus acompanhantes e diz que tem tudo de que precisa.

– Acho que só é possível viver de verdade quando deixamos de observar as coisas e passamos a ter experiências. O Grande Fim não é nada, agora é que tudo está começando. Vamos lá, para a estrada e contra o dia.

E ele não poderia estar mais certo.

Então, pela primeira vez em muito tempo, a família Dédalo prepara-se para uma viagem. Há um momento de tensão quando o ônibus dá a partida, como se algo pudesse dar errado, como se não devessem fazer nada daquilo. Mas logo essa sensação é deixada de lado.

Escondida dos outros, Rafa foi uma última vez ao banheiro, onde espionou o trapezoedro de novo. Estava começando a sentir-se mais familiarizada com a ferramenta, embora não a considerasse como tal, e pôde direcionar sua busca, focando em Camila e onde ela estaria. Como ainda se sentia envergonhada de falar sobre o amor que guardava desde a juventude, preferiu não mencionar aquilo para os outros, mas convenceu-os assim mesmo a fazerem uma viagem até outro estado, para a cidade praieira de Diamante Negro, uma das mais antigas do país. Não era uma cidade muito grande, mas Juca achou que ela tinha razão em escolher aquele destino, afinal, seria possível conseguir acesso a alguns equipamentos que poderiam ajudar Ícaro sem correr o risco de serem incomodados por muita gente.

UMA TORRE PARA CTHULHU **117**

– Afinal, a gente não sabe muito bem como o mundo está lá fora, mas eu apostaria que é nas cidades grandes que as coisas estão mais perigosas.

– Fora que a gente tem um ônibus com diesel e não dá pra saber quantos mais desses têm por aí – completou Malaquias, dando partida.

Sentado sozinho em uma cadeira, perto da janela, Ícaro observa a cidade sendo deixada para trás. Fraco como está, sente como se visse uma pintura deixando de ser, um borrão escorrendo de onde antes existia a única paisagem que jamais conhecera. Agora a tela está em branco, sua barriga dói pensando no que pode surgir em seu lugar.

EPÍLOGO

ninguém vai sofrer sozinho

Se os Mi-Go tivessem uma consciência minimamente parecida com a humana – e não um burburinho de colmeia em que insetos são corporificados, forjando uma estrutura de locomoção –, é certo que sentiriam prazer semelhante ao experimentado pelos membros da família Dédalo ao chegarem em Mucarágua. Porque enquanto Rafa, Juca, Malaquias e Ícaro correm em sentido oposto à nova linha ferroviária construída na saída da cidade, um grupo dos emissários dos Seres Anciões chegam nela, não em carruagens, mas valsando no ar como dentes-de-leão, certeiros em sua chegada, prontos para alcançar o local onde uma das centenas de milhares de Torres foram construídas para gerar a energia necessária para a chegada do grande Cthulhu.

Ainda adormecido, sonhando com a humanidade que pouco a pouco desperta, o grande deus ancestral aguarda pelo momento em que trará ao Grande Fim a sua conclusão. Para isso, é necessário que um número cada vez maior de sacrifícios seja feito, uma fileira de dominós de ossos finalmente sendo tocados, caindo um a um, provocando ondas de caos das quais, se ainda existissem, borboleta alguma seria capaz.

Quando os Mi-Go chegam à fazenda, o fato de que alguns deles foram mortos e conheceram o medo pela primeira vez totalmente lhes escapa. Não há ação humana que lhes seja digna de nota. Tudo faz parte do grande esquema, de maneira que o que fazem agora é buscar a próxima grande figura de autoridade, seduzi-la com a promessa de uma vida de consciência e livre das anomalias do corpo e, assim, conduzir os membros restantes a retomarem a Grande Obra. Acostumados como estão a lidar com os humanos, os Mi-Go há muito perceberam que, mais do que simplesmente fazer com que eles aceitem sua preciosa tecnologia transdimensional, o melhor era fazer com que acreditassem que era possível garantir-lhes alguma vida futura com base em sua própria realidade. Assim, se precisavam conectar fios de energia entre pontos específicos da humanidade, os convenceriam a empregar esforços para trazer de volta linhas ferroviárias, sistemas de esgoto, estradas, tudo o que fosse possível. Porque a invasão dimensional não pode e não deve acontecer apenas por meio da força, a crença também é necessária. E enquanto se aproximam de Mucarágua, conforme caem do céu como uma chuva milagrosa de insetos, eles sabem que os pequenos seres humanos lá embaixo estão acreditando.

E é disso que eles precisam.

UMA TORRE PARA CTHULHU